680,-

za Zoe od bake Gordana.

W0412145

Copyright © 2011 by Uroš Petrović
Copyright © 2011 ovog izdanja LAGUNA

Illustrations © 2011 by Dejan Mandić

MRAČNE TAJNE GINKOVE ULICE

Roman u zagonetkama

AUTOR
Uroš Petrović

ILUSTRACIJE
Dejan Mandić

Laguna

Mračna tajna kuće
profesora Šizlapa

Kuća koja je ličila na debeli svetionik krila je u svojoj trbušastoj utrobi mnoge tajne. Priče o njoj šapatom su kolale Ginkovom ulicom, odbijajući se tu i tamo o oblu kaldrmu...

Profesor Šizlap,

vlasnik tajanstvene građevine, došao je, kažu, sa severa. Kako je sever poslovično širok i hladan pojam, jasno je da niko pojma nije imao kakvu bestragiju profesor Šizlap smatra zavičajem, i na kom jeziku su mu pevane uspavanke.

Jedno je sigurno – legenda o Šizlapovim tajnama nije bila uspavanka! Za zimskih večeri Ginkovom ulicom su provejavale zastrašujuće priče o profesorovim mračnim naumima i objavi da će od podruma svoje vile napraviti poprište do sada neviđenih ispita, koji će naizmenično bistriti i mračiti um namernika.

Iznenada, sve je utihnulo. Šizlap je prestao da daje odgovore, ali je počeo da ih traži od drugih.

Sve je (a Martu ponajviše) kopkalo baš to neobično pravilo koje je važilo za one koji bi da zavire u podzemlje profesorove kuće: može ući samo onaj ko tačno odgovori na tri pitanja u nizu!

Vladala su i oprečna mišljenja, kao što je teorija da Šizlap i ne namerava da ikada ikoga pusti da vršlja po samo njemu znanim prostorijama. Neki su govorili da je čitava priča o tajnama kuće puka izmišljotina, ili da je sve što se priča tek deo slagalice tajnog plana neobičnog starca...

Pričalo se i da je jedan stanovnik Ginkove ulice stigao do trećeg Šizlapovog pitanja, ali ni jedan ni drugi nisu voleli da pričaju o tome, pa je sve ostalo u domenu maglovitih mitova ulice treperavih svetiljki...

Martine tajne pripreme

Zelenokosa devojčica, Marta Smart, koja je više volela lupe, kompase i baterijske lampe nego lutke i krpice, rešila je da konačno pokuša ono što nikome nije uspelo – da bez greške odgovori na tri pitanja, i siđe ispod najtajanstvenije građevine u istoriji Ginkove ulice. Želela je da prva proveri je li tačna legenda po kojoj u podzemlju postoje još veće tajne, i nebeska nagrada za onog ko ih otkrije. Tek su o njoj kolale fantastične priče...

Marta je rešila da se dobro pripremi za svakojaka pitanja. Ona je, više od svega i više od svih ostalih, želela da kroči u mračnu utrobu tajanstvene kuće. A samo velike želje donose velika otkrića! Doduše, isto važi i za velike nevolje.

Devojčica je danima izučavala prašnjave enciklopedije i sveznadare koje je pronalazila po zapuštenim podrumskim bibliotekama ili kredencima na tavanu. Bilo je tu mnogo zanimljivih knjiga, a neke je nalazila u tajnim pregradama nečijeg nameštaja, sklonjene i sakrivene iz davno zaboravljenih razloga.

PANDA

Tako je na jednom tavanu devojčica pronašla požutelo zavetno pismo, skriveno unutar smešne krpene lutke. Sudeći po detaljima, Marta je dokučila da ga je pisao neki usamljeni dečak neobičnih nazora, koji se osećao prilično odbačen od okoline. Jedan deo pisma beše i gorka povest o tome kako ga je društvo zadirkivalo zbog njegove sklonosti ka zagonetkama. „Kakva je korist od tih pitalica? Kome je veština odgonetanja ikada pomogla u životu? E, pa, shvatićete jednom.“

Pismo se nastavljalo lošijim rukopisom, uz priloženu napomenu da je to zbog toga što su mu se upravo razbile naočare. Ako je suditi po raskvašenim mrljama mastila na papiru, mališan se kroz suze zakleo da će se jednoga dana osvetiti i glavnom krivcu za pad njegovih naočara – sili Zemljine teže. Zavet beše potpisan znakom položene osmice, što je moglo da predstavlja i oblik Ginkove ulice.

Episkopski apartman
Kaštelan

Osim što je čitala i prisećala se, Marta je i pričala sa zanimljivim ljudima koje je poznavala, presretala putnike zalutale u njen kraj i, dok im je pomagala da se snađu duž neobično vrludave Ginkove ulice, slušala je priče i upijala znanja iz raznih oblasti.

Posle nekoliko meseci, kada je bila sigurna da profesor Šizlap nije na nekom od svojih tajnovitih odsustava, Marta je rešila da ubrza događaje.

Prvo je potražila babu Araukariju, kreštavu zapršku svih zamućenih i dobro začinjenih čorbi u Ginkovoj ulici. Bez njenih saveta, u Martinom kraju se jednostavno nije moglo... Dobro, moglo se, ali nije bilo tako zanimljivo.

Martin odlazak kod babe Araukarije

Babi Araukariji nije bilo potrebno zvono na vratima. Čak i zvekir, izliven u obliku glave zrikavog okapija sa šestougaonim kolutom u ustima, bio je sasvim suvišan (uz to i nesvakidašnje nedopadljiv). Ko god bi prišao njenim vratima, oglasila bi se njena gvinejska koka lešinarka, bez sumnje jedan od najružnijih kućnih ljubimaca, računajući sve otkad su ljudi izmislili kuće i u njih počeli da dovlače životinje pa do danas. Niko ne zna kako, ali tu ptičurinu je dokona babuskara naučila da govori. Jeste da ono što govori niko (osim možda babe Araukarije) ne može da razume, ali je svejedno reč o nemalom odgajivačkom podvigu.

Marta je oprezno ušla u neuredno dvorište, prepuno stvari koje niko nikada nije video na jednom mestu. Kao i obično, za njom je skakutao njen verni francuski buldog Jang. Baš je prolazila pored stare mašine za poboljšanje penušavosti pri spravljanju kvasa, kada se nakaza oglasila (misli se na pticu, što bi trebalo da se podrazumeva, makar iz čiste pristojnosti prema vlasnici poseda). Iako je znala šta će se dogoditi, devojčica je, kao i obično, premrla od straha. I Jang je, kao i obično, opet ugrozio stari kopneni rekord geparda u trčanju na četiri stotine metara, našavši se za svega nekoliko sekundi na drugom kraju ulice. I naravno, kao i obično, Marta je uljudno pozdravila ukućane:

„Dobar dan, bako! Dobar dan, prokleta ptičurino!“
„Ha, evo je! Marta Smart! Devojčica blagoslovena večitim martovskim ludilom!“, radosno uzviknu baba Araukarija.
„Ihhiiiihihihiiiiiiiii!“, zavrišta ponovo gvinejska koka lešinarka, nešto tiše i prilično podrugljivije.
„Bako Araukarija, potrebna mi je pomoć!“, odmah započe Marta.
„Znam, znam, hoćeš da središ Šizlapovu kapiju... Taj izlapeli starac i dalje svojim tajnama mami radoznale budale“, siktala je baba.
„Ali, bako, njegove odaje su najveća misterija naše ulice! I zamisli, ja ću biti prva koja će je otkriti!“, radovala se Marta.
„Najveća misterija naše ulice jeste kako se na jednom mestu okupilo toliko spodoba i čudaka!“, iskezi se baba na devojčicu.
„Hmmm... Možda baš zato cena kvadrata u našoj ulici strmoglavo pada, bar što se tiče prvog kvartala ove godine!“, primeti devojčica, neprijatno iznenadivši čak i autora ovih redova.
„E, tu si u pravu! Evo, otkad sam se ja doselila, kirije u komšiluku su se istopile kao grobljanske sveće na usijanoj furuni!“, kikotala se baba.
Sada su se smejale sve tri, osim ptičurine, koja očigledno nije razumela vrhunsku foru što je provejala prethodnim redovima.
Beše krajnje vreme da se makar radnja ove knjige vrati u kakvu-takvu normalu, pa Marta upita:
„Bako, šta me tamo čeka? Kakva su ta čuvena zagonetna pitanja profesora Šizlapa?“
Tada se dogodi nešto neočekivano. Baba Araukarija zamišljeno ućuta. Čak i njena koka lešinarka prestade da čeprka oko plišanom medi.

„Znam samo jedno njegovo pitanje... Ono koje ja nisam prošla!“, reče tužno, i tiho zajeca, onako kako jedino samozvane apotekarke u penziji zajecati znaju.

Mračna tajna babe Araukarije

Starica kroz šapat priznade da se i sama okušala u Šizlapovoj igri.

„Bila sam mlada, luda... Prošlo je od tada nekoliko meseci. Nije lako bilo ni zakucati na vrata tog ludog profesora. Kad sam konačno ušla, posadio me je na neku malu tronogu stolicu, a on je sedeo na prestolu od knjiga i ukoričenih časopisa.

'Šta može da stane u šaku, a dok je tih dimenzija, **uvek** *se nosi u torbi?'*, upitao me je.

Nisam znala. Tek posle nekoliko dana sinulo mi je o čemu je reč. Sećam se da mi je kroz glavu prolazilo sve ono što se nosi u školskoj torbi, potom u ženskoj torbi, u travarskoj torbi, ali avaj! Sve što se nosi u njima – nije uvek u njima."

Marta je netremice gledala u tužnu staricu i razmišljala.

„A kako je profesor Šizlap naglasio 'dok je toliko', značilo je da je reč o nečemu što raste, ili se smanjuje!", reče Marta.

„Ja sam se setila, ali tek posle nekoliko dana. To je sve što znam, od tada ne želim da čujem ništa o toj debeloj kućerini...", jadala se Araukarija.

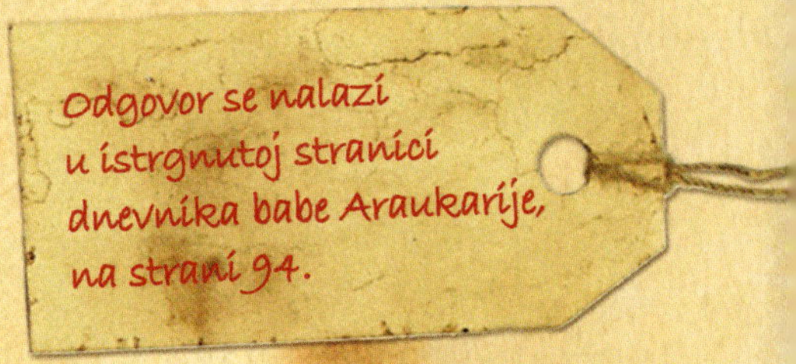

Čim ču odgovor, Marta se tiho zahvali. Uopšte nije bio lak.

Ogrnuta svojim crvenim kaputom i mračnim mislima, ona lagano pođe u skute mračnoj avanturi koja se nazirala. Nebo se naoblačilo, a vetar je pomalo zloslutno nosio ginkove listiće iznad svetiljki.

„Baciš ga, i kada padne – čuje se mjauk. Šta je to, ako nije iz porodice mačaka?", iznenada doviknu za njom starica.

Marta se osvrnu. Posle nekoliko trenutaka razmišljanja, zbunjeno sleže ramenima.

„Pa, bilo šta – samo da padne na mačku!", završta baba Araukarija, a odmah za njom i gvinejska koka lešinarka.

Još zabrinutiju devojčicu niz treperavo osvetljenu ulicu isprati nesnosan kikot. Kao što je uvek činila kada je nespokojna, ona natera svoje misli da odlutaju...

Martine misli lutaju

Tajanstveni Lukijan bio je jedan od Martinih omiljenih stanovnika Ginkove ulice. Pravio je kaveze za ptice, čarobnog izgleda, i bio pun zanimljivih priča iz svoje neobične prošlosti. Jednom joj je pričao o događajima na nesvakidašnjem Vašaru izvitoperenih gvožđurija, na kome je sa ponosom izlagao svoje kaveze.

„Jedan od učesnika tog uglednog vašara, svetkovine kovača i ostalih ljubitelja vitoperenja metala, bio je Polušop Migul, virtuoz gvozdenih kapija. Činilo se kao da taj može da savija metal pogledom. Pravio je čudesne, nezamislive oblike i u njima krio još nezamislivije tajne. Kada sam iz prikrajka posmatrao Kapiju nebesa, njegovu maestralnu tvorevinu, iznenada mi je prišao. Raspitivao se prvo o jednom od mojih najlepših kaveza, čuvenom Akordu, potom i o ulici u kojoj živim... Sreo sam ga samo tada, i nikada posle toga.“

Marta nije imala pojma zašto joj je ova priča iz prošlosti baš sada pala na pamet. Slučajno? U mislima zelenokose devojčice slučajnost se retko kad ukazivala slučajno...

Krišom kroz Ginkovu ulicu

Imala je čudan osećaj. Prvi put u životu, Marta se nadala da usput neće sresti svoje najbolje prijatelje. Pogotovo se plašila da ne sretne Lukijana ili svog najboljeg druga Venegora – i jedan i drugi bi sve učinili da je spreče da se upušta u tako mračnu avanturu kakva je poseta kući nadasve kontroverznog profesora. Zato je devojčica hodala krišom, a Ginkova ulica bila je kao stvorena za skrivanje.

Prolazeći kroz zasvođene prolaze, kroz senke pored niskih, raskošnih krošnji i skrovite staze tuđih dvorišta, Marta je neopaženo stigla do vile pune tajni. Kuća profesora Šizlapa izgledala joj je veće i tajanstvenije nego ikada.

Dobro, izgledala je toliko debela kao da će svakog časa da eksplodira, ali je devojčici izgledala veličanstveno zbog misteriozne aure koja se vila oko njenih ispupčenih zidova.

Tajna vrata profesora Šizlapa

Došao je trenutak istine. Marta je pogledala ka nebu. Bilo je prelepe plave boje, prepuno belih, oblih oblaka. Nije ni slutila koliko će se uželeti tog prizora...

Čuvena vrata bila su ispupčena, poput zida na kojem su se nalazila. Mirisala su na tajne i osušenu drenovinu. Umesto imena, bila su izrezbarena slova:

SAMO SILA MOŽE DA OTVORI OVA VRATA!

Čak je i mesingani zvekir bio misteriozan – ličio je na školjku ili cvet sa osam latica.

„Osam! Naša ulica je u obliku osmice!“, pomisli devojčica.

Marta je najpre lagano pokucala na jednu laticu. Čuo se jasan i zvonak ton, ali vrata niko nije otvarao. Potom je devojčica doslovce poslušala urezano uputstvo i pokušala da otvori vrata na silu. Iako je Marta Smart bila iznenađujuće snažna i uporna devojčica, vrata se nisu ni pomerila. Tada je ponovo pokucala, ali ovoga puta iz sve snage. Prestala je tek kada je usled snažnih udaraca osetila nelagodan bol u zglobovima prstiju.

Potom je opet pokucala, ovoga puta lagano, na svaku od osam latica. Ton koji se čuo bio je zanimljiv i prijatan, ali ispupčena vrata nisu se ni pomerila. Devojčica duboko uzdahnu. Naravno, ona nije neko ko bi odustao, pogotovo neko ko se predaje na prvom koraku. Nažalost, sve je slutilo na to da neće uspeti da uđe ni u predvorje ovog hrama misterije. Tada se seti da je tajnu ovih vrata mogla relativno lako da iščeprka od babe Araukarije i da je tu pogodnost gordo propustila.

Tada je Marta dobro razmislila, uradila ono što je trebalo i – vrata su se najzad otvorila. Škripa starih šarki zvučala joj je kao najlepša melodija klasične muzike.

Ushićena, oprezno je kročila u polumrak.

Čega se to Marta dosetila i šta je tim povodom uradila? Ako ne uspete da rešite tajnu kako je devojčica otvorila vrata, pogledajte istrgnutu stranicu dnevnika babe Araukarije, na strani 94.

ATLAS
THE PLANET

Tri pitanja profesora Šizlapa

Marta se nalazila u okrugloj prostoriji nalik na salu u kakvoj bi neki kralj posmatrao tačke dvorskih luda. Devojčica se odmah prisetila krpene lutke i pisma u njoj.

Usred tog prisećanja, ona primeti da nije sama – na prestolu sazdanom od starih knjiga sedeo je profesor Šizlap. Sa naporom joj se osmehuo. Odmah je primetila da nosi naočare u obliku osmice. Devojčicu je ipak najviše iznenadio njegov ukupan izgled – delovao je zabrinuto i iscrpljeno, baš kao stari kralj umoran od dvorskih zavera i duge vladavine.

Ispred njegovog nestabilnog prestola nalazila se stolica tronoška, očigledno namenjena onima koje radoznalost dovede u tajno okruženje neobičnog profesora, baš kako joj je baba Araukarija opisala. Pod je bio mozaik sazdan od naizmeničnih crvenih i zelenih zvezdastih šara.

„I radujem ti se, i ne...", rekao joj je tiho profesor Šizlap. Marta prvi put u životu ču ovakvu dobrodošlicu.
„Ja se samo radujem. Šta se to Vama dogodilo pa se dvoumite?", upitala ga je.
„Ono što sam i prizivao...", rekao joj je i zažmurio.

Marta je sa strepnjom gledala u njegove sklopljene oči, kojima su sada sjaj davala samo stakla naočara. Znala je da zatvorene oči ponekad govore više od najrečitijeg pogleda, a ovde je sve slutilo na nevolju.

„Marta, pravila znaš", iznenada progovori profesor, i dalje žmureći.

„Naravno. Tri pitanja u nizu, bez prava na grešku", reče Zelenokosa ono što je sama sebi mnogo puta ponovila, hrabreći se za planirani podvig.
„Jesi li spremna?", upitao je Šizlap.
„Mislim da jesam", reče devojčica tiho i smesti se na jednostavnu ali udobnu drvenu stolicu sa tri noge.

Vrata kuće se tek tada s treskom zatvoriše. Marta se trgnu od straha, a potom joj bi pomalo drago što profesor žmureći to nije mogao da vidi.

Prvo pitanje profesora Šizlapa

„Reci mi, Marta, može li se bananom razbiti lešnik?", iznenada reče starac.

Zatečena pitanjem, devojčica oseti kako joj zadrhtaše kolena. Znajući da joj je potreban mir, ona snagom volje obuzda lake drhtaje, i sve misli uputi na dve voćke iz profesorovog pitanja. Nije znala koliko vremena ima za odgovor. Za svaki slučaj, rešila je da malo vremena i kupi.

„Može!", reče, jer da nije tako, profesor to očigledno ne bi ni pitao.

„Dobro, može. Reci mi kako?", upita Šizlap.

Čula je svoje srce kako damara.

„Bar je ova grozna tišina rasterana!", pomisli Marta hrabreći se, pa se opet sasvim usredsredi na profesorovo pitanje.

Tada joj sinu. Gotovo je uzviknula odgovor.

Profesor Šizlap jedva primetno klimnu glavom. Devojčica je bila ushićena zbog tačnog odgovora. Ipak, negde u dubini svojih misli zapita se zašto je prvo pitanje bilo nekako – lako.

Ako ne uspeš da se setiš odgovora na prvo pitanje, pogledaj u knjigu odgovora profesora Šizlapa, pod krajnje maštovitom šifrom **Odgovor na prvo pitanje**, strana 95.

Drugo pitanje profesora Šizlapa

Marta je gledala u naoko usnulog profesora. U njoj su se borili nestrpljenje u iščekivanju sledećeg pitanja i zabrinutost zbog sumorne atmosfere koja je obavijala predvorje kuće za čijim je tajnama toliko čeznula.

„Zašto nije moguće napraviti dobru fotografiju poštara koji obavlja svoj posao belim biciklom?“, iznenada progovori Šizlap.

Devojčica je odmah pomislila na poštara iz njihove ulice. On je znao da se bez greške snađe u ispremeštanim kućnim brojevima Ginkove ulice, ali on je svoj posao obavljao tamnocrvenim biciklom. Jeste da je vozio po truckavoj kaldrmi, kružio je po ulici brzo i nekako vijugavo, ali daleko od toga da ga ne bi bilo moguće fotografisati. Marta uzdahnu.

„Hmm, mora da nije reč o našem poštaru... Možda razmišljam u pogrešnom pravcu“, pomisli.

Pokuša da odagna prethodne misli i vijuge Ginkove ulice, ne bi li sve svoje vijuge usmerila na Šizlapovo pitanje.

Nije prošlo mnogo, a na pamet joj pade nešto neobično. Trenutak zatim devojčica odgovori!

Šizlap ponovo klimnu glavom.

„Nisam ni sumnjao da ćeš se i sa ovim pitanjem uspešno izboriti“, reče tiho.

Marta se radovala jer je odgovorila na oba pitanja profesora Šizlapa, ali mudra devojčica i dalje je osećala senku na tom ushićenju. Nisu li oba pitanja bila prelaka? Da li je profesor, koji izgleda veoma loše, primoran na nešto?

Ako ne uspeš da se setiš odgovora na drugo pitanje, pogledaj u knjigu odgovora profesora Šizlapa, pod tajanstvenom šifrom **Odgovor na drugo pitanje**, na strani 95.

Treće pitanje profesora Šizlapa

Marta je posmatrala sumorno lice starog profesora. Sedeli su tako bez reči, i beše jasno da se unutar Šizlapovih misli vodila borba. Oči mu i dalje bejahu zatvorene.

„Dobro, izgleda da smo stigli do samih vrata mog podzemlja", najzad reče profesor.

On spusti ruku i povuče neku ručicu na svome tronu, koju Marta do tada nije ni primetila. Zavese na bočnom zidu kliznuše u stranu i ukazaše se teška metalna vrata. Nalazila su se iza tri silazna stepenika, i bilo je očigledno da vode nadole.

„Tri stepenika, kao tri pitanja...", pomisli devojčica, ali ništa ne reče.

Marta je širom otvorenih očiju gledala u znak urezan na vratima. Bio je neobičan i nejasan, ali ipak tajanstven i izazovan.

„Pogledaj u Znak za ulazak, Marta! Razmisli dobro. Ko ne reši tajnu znaka, nije spreman za put u podzemlje. Dakle, šta razlikuje ovaj znak od svih drugih znakova na svetu?", izgovori Šizlap svoje treće pitanje.

Devojčica je netremice gledala u urezane linije.

„Mogu li da priđem?“, tiho upita.

Na odgovor je morala da sačeka nekoliko trenutaka, kao da se o ovom pitanju stari profesor savetuje s nekim unutrašnjim silama.

„Možeš...“, na kraju ipak izusti.

Devojčica ustade i priđe vratima.

„Mogu li da dotaknem znak?“, upita ponovo, bojeći se da ne prekrši neko pravilo i time sebi onemogući veliku avanturu koju je toliko dugo čekala.

Shativši ćutanje kao odobravanje, ona pređe prstima po površini znaka. Oseti hladnoću drevnog metala. Potom jedva primetno čuknu o njih, a tupi, naglo prigušeni zvuk svedočio je o tome da su vrata nezamislivo masivna i teška.

„Da li je ovo jedna od kapija Polušopa Migula?“, tiho upita devojčica, želeći da iznenadi profesora i tako sazna još neku pojedinost koja bi joj pomogla da reši tajnu Znaka za ulazak.

Profesor Šizlap naglo otvori oči. Potom se napeto okrete ka Marti.

„Odakle ti...“, započe uznemireno, pa potom pomirljivo uzdahnu.

„Očigledno da ni tajne nisu više ono što su bile. Nisam ni sumnjao da će cura kao ti nešto iščeprkati iz šapata Ginkove ulice. Ne, Marta, to nisu vrata koja je napravio taj maestro nad maestrima, moj duboko poštovani prijatelj koji je sada duboko pod zemljom...", reče i nabra obrve ka središtu čela.

„To su skoro obična vrata za sefove, i otvaraju se ovom ručicom", reče Šizlap i pokaza na drugu skrivenu polugu, odmah pored one koja razmiče zavesu.

„Jesu teška, masivna, i ne mogu se otvoriti ni na koji drugi način. Imaju sistem koji onemogućava provalu, i najboljim obijačima trebalo bi nekoliko nedelja da ih načnu. Ja sam ih konstruisao, i bio vrlo ponosan na svoje delo. Onda sam prvi put video kapije Polušopa Migula...", uzdahnu profesor.

Marta nije želela da ga prekida, ali je krajičkom oka ipak hvatala detalje koji joj mogu pomoći da reši tajnu kapije sa znakom. Tako to rade majstori misterija.

„Njegove kapije kao da nisu sa ovoga sveta. Pored njih ova pred kojom stojiš izgleda kao ulaz u radionicu za stavljanje plastičnog prstena na vrh pertle. Naravno, odavno sam svestan toga da je zavist najgori otrov – odmah sam mu ponudio najbolje uslove da nekoliko kapija uradi za mene. Želeo sam da imam ta dela, da od njega otkupim sve što može da napravi, da te kapije ne postavlja na mesta koja im po svojoj tajanstvenosti i značaju ne odgovaraju...", pričao je profesor Šizlap.

Marta ga je i dalje pažljivo slušala, ali je sve više obraćala pažnju na vrata sa znakom. Sada se već malo odmakla od njih, pokušavajući da sagleda znak kao celinu.

„Ne kažem ja da sam želeo da ih imam samo za sebe, da ih sakrijem od sveta... Omogućio bih samo posebnima...“, započe, i zamalo zajeca profesor.

Tada devojčica uoči razliku između znaka na vratima i svih ostalih znakova na svetu.

„To je to! Kako to nisam odmah uočila!“, pomisli ona.

I Marta naglas reče razliku između Znaka za ulazak i svih ostalih znakova na svetu, naglo prekinuvši ispovest profesora Šizlapa. Tada usledi neprijatno iznenađenje.

„U pravu si, Marta. To je tajna ovog znaka. Ali, nažalost, ja ne mogu da te pustim u podzemlje. Ne još uvek. Ne smem...“, reče skrušeno.

Marta Smart nije neko kome je lako oduzeti stečeno pravo na bilo šta, a kamoli na avanturu. Ta devojčica bi se lako odrekla svega što poseduje, samo ako bi se to uklapalo u njeno poimanje pravde. U takvom slučaju, postajala bi divlja i nepredvidiva.

„Dobro...“, reče devojčica smireno, glasom punim razumevanja.

Potom priđe profesoru, kao da želi da ga uteši.

„Izvinite, ali to je moje pravo...“, reče kratko i hitro uzmaknu.

Iznenada, ona levom nogom šutnu u ručicu koju joj je profesor maločas pokazao. Poluga sa kuglom se polomi i otkotrlja u mrak, ali se vrata sa Znakom za ulazak pokrenuše. Devojčica jurnu ka njima i kliznu niz stepenike, ispraćena upozoravajućim povicima starog profesora.

„Ne, Marta! Vrati se! Nisam ti sve rekao! Ne smeš JOŠ silaziti dole, ni ti niti iko..“, beše poslednje što je čula pre nego što su se vrata za njom zatvorila.

Nekoliko škljocavih zvukova proprati ponovno zaključavanje složenog mehanizma vrata za ulazak u Šizlapovo podzemlje.

„Marta... Sve je pošlo naopako. Polušop Migul i ja nismo jedine spodobe koje su ti spremile sulude zamke...“, reče profesor očajno, iako je znao da devojčica više ne može da ga čuje.

Ako ne uspeš sam da otkriješ zašto je urezani znak jedinstven na svetu, pogledaj u knjigu odgovora profesora Šizlapa, pod tajanstvenom šifrom **Odgovor na treće pitanje**, na strani 95.

MRAČNO PODZEMLJE PROFESORA ŠIZLAPA

Marta se obrela u slabo osvetljenoj memljivoj prostoriji ispunjenoj teškim vazduhom. Odmah je shvatila da se iznad nje nalazi odozdo zavaren šaht, kroz čije uske proreze se probijala svetlost dana. Sačekala je da joj se oči priviknu na polumrak.

Martina tajna pomoć iz mraka

Već posle nekoliko trenutaka, Marta je primetila jedan detalj koji joj može pomoći u rešavanju zagonetki. Mudroj devojčici malo šta je moglo da promakne. Naime, videla je da je tu i tamo neko crtao škrabotine po skrovitim ćoškovima podzemlja. Shvatila je da je reč o nekakvim pomoćnim crtežima, kao i to da ih je očigledno radio neko ko je tu dugo boravio. Naravno, rešila je da to svoje saznanje sačuva za sebe i pokuša da ga iskoristi ako joj se za to bude ukazala prilika.

Ako te baš zanima, možeš i ti ponekad da baciš pogled na žvrljotine podzemnog skitnice, koje se nalaze na stranama 96-99. Ipak, pravi majstori misterija najpre pokušaju da otkriju tajne bez ikakve pomoći...

Marta je bojažljivo napravila prve korake u tami. Imala je jeziv osećaj da nije sama.

Pazeći da se ne oklizne, polako je krenula ka dnu prostorije. Korak po korak. Tišinu su remetili samo nejasni odjeci kapanja, koji kao da su zvonko šaputali.

Tada Marta oseti nečiju hladnu, drhtavu ruku na svom ramenu! Devojčica odskoči u stranu, spotače se i u padu zauze odbrambeni stav. Jedva priguši krik užasa kada je ugledala ono što se nalazilo iznad nje.

Mračna tajna podzemnog skitnice

Bio je to čovek nalik na avet. Blede, gotovo bele kože, gledao ju je očima sa toliko proširenim zenicama da su se i beonjače jedva videle. Lice mu je bilo mršavo i ispijeno, u svojoj bezizražajnosti nekako opako. Na glavi je nosio iskrzanu kapu dvorske lude, koju je očigledno sam skrpio od izbledelih komada razne odeće. Čovek je na sebi imao odrpani kaput, a krajevi zvezdolike kragne oko vrata sašivene od tanke gaze visili su poput šala ispletenog od paučine.

Marta se trudila da nijednim pokretom ne pokaže strah, iako ju je prožimalo baš takvo osećanje. Znala je da psi lutalice mogu da osete tuđu bojazan i tako se okuraže za napad. Pretpostavila je da je isto i sa ljudima, a ova spodoba ispred nje ličila je upravo na čoveka-skitnicu. Dok ga je gledala tako s poda, činilo joj se da je ogroman. Ne bi ona to nikada priznala, ali već se gorko kajala što se nije povinovala upozoravajućim povicima profesora Šizlapa.

„Zagonetke... One su te dovele ovamo“, više prokrklja nego što izgovori neznanac.

Marta se oprezno pridiže, krajičkom oka odmeravajući mesta kuda bi mogla brzo da uzmakne.

„Samo one te mogu odavde i izvesti. Ali, to se neće dogoditi... Nikada se nije ni dogodilo“, govorio je grozni čovek.

„Ono što se nikada nije dogodilo često postaje ono što se upravo dogodilo...“, oprezno izusti devojčica.

„Ti si još i drska. Je l' ti to imaš zelenu kosu? Misliš da si izabrana, posebna? Ovde dole boje malo znače. Ovde sve malo znači, osim onoga šta imaš u glavi. Ovo je Zagonetarijum profesora Šizlapa, zabavni park koji je sve drugo, samo ne zabavan. Brzo ćeš se slomiti. Hajde da vidimo da li da ti uopšte dopustim da pokušaš, ili da ti odmah skratim muke. Evo prve, dok još nisi zaboravila kako izgleda ono što zagonetka krije:

Na hiljade pečenih komada,
i crni ih čovek često sreće.
Znanci ptica, mačaka i ljudi,
al' ih niko od njih jesti neće.“

„To je lako! Imaš li neku izazovniju?“, reče Marta neposredno pre nego što je rekla odgovor.

Ako tebi ova zagonetka podzemnog skitnice ne izgleda tako laka, i ne želiš da se bez pomoći okušaš u ovom grozomornom zadatku, pogledaj u **Žvrljotine podzemnog skitnice**, na strani 96. A ako se odmah predaješ, rizikujući da nikada ne postaneš Majstor misterija, možeš da pogledaš i u **Knjigu rešenja** na strani 100.

Tada se skitnica naže ka Marti i grozno kriknu iz sveg glasa. Prestravljena devojčica se trgnu ali oćuta.

„Pogodila si ovu prvu, a ona je ionako samo početak. To je probna, da navuče znatiželjne i prevari gorde. Pronađi u ovoj prostoriji fenjer, upali ga i ispritiskaj slova tvog prvog, tačnog, ali u svojoj lakoći besmislenog odgovora na vratima koja ćeš videti...", reče joj neznanac i šmugnu u mrak. Kretao se nečujno, kao da lebdi poput aveti.

Iznenada, njegovo lice se ponovo promoli iz tame.

„I slušaj, ovde sam dugo. Predugo. Vreme sam skraćivao smišljajući sopstvene zagonetke. Očekujem od tebe da odgovoriš i na njih. Dakle, Zelenokosa, ako hoćeš da izađeš odavde, moraćeš svakako da rešiš zagonetke dvojice ludaka! Moj mali doprinos tvojim mukama!", iskezi se stranac na devojčicu pre nego što sasvim nestade iz vidokruga.

Marta u jednom ćošku napipa uljani fenjer i zamašćenu šibicu. Treperavo svetlo zasija slabo ali dovoljno. Ona pođe u pravcu u kom se grozni čovek maločas izgubio.

Tu je nabasala na jednostavna limena vrata bez kvake, sa tankim slovima izgrebanim na glatkoj površini. Bio je to tekst zagonetke koju joj je skitnica napamet izgovorio. Potražila je pažljivo slova koja su joj potrebna da bi se ispisao odgovor, i redom ih pritisla prstima, jedno po jedno. Lim je pri svakom pritisku lako pucketao. Čim je spustila prst na poslednje slovo reči koja označava tačno rešenje zagonetke, vrata se neočekivano lako otvoriše, kao da nemaju težinu.

Kada je prošla kroz njih, ona se okrete i vide da su ponovo zatvorena. Nije ni videla ni čula kada se to dogodilo. Sada je već bila sasvim sigurna da put nazad više ne postoji.

Mračna tajna šesnaest lobanja drevne katakombe

Marta je banula u neku memljivu prostoriju. Sa užasom je shvatila da se nalazi usred prastarih katakombi – podzemnih grobnica. Nepoznati, zastrašujući simboli, uklesani na kamenim zidovima, očigledno su bili tu da odvrate uljeze. Na obodu odaje nalazila su se zasvođena udubljenja, taman toliko uklesana da se u njih mogao smestiti čovek.

„Samo da nešto ne iskoči...", pomisli devojčica sa nelagodom koja joj je klizila uz kičmu.

Treperava svetlost fenjera ipak je dobro osvetljavala prostoriju, ali Marta nije ni želela da vidi sve što se u katakombama može videti. Napravila je mali korak napred i u dnu ove grozne odaje niskog svoda ugledala nekoliko obezglavljenih skeleta na kamenom ispustu iznad zarđalih rešetkastih vrata. Hrabro je napravila još nekoliko koraka, ali se potom saplela o nešto i pala nasred prašnjavog kamenog poda. Nije ni morala da se okrene, znala je – saplela se o lobanje.

„Nemoj da polomiš nešto, Zelenokosa! Iako su to naši neustrašivi preci, ipak nisu nesalomivi!", prepade je siktavi glas skitnice.

„Šta sad hoćeš?", upita Marta trudeći se da joj glas ne zadrhti.

„Pogledaj ispred sebe! Tu je šesnaest lobanja. Ako te baš zanima čije su, to su lobanje...", tu odrpanac malo zastane.

„Ne zanima me! Govori šta bi trebalo da učinim da napustim ovo grozno mesto!", prekide ga devojčica.

„Dakle, ovih šesnaest lobanja rasporedi u osam pravih redova, i to tako da u svakom redu bude po četiri lobanje! I naravno, nijednu od njih ne smeš da polomiš!", naslađivao se unapred težinom ove zagonetke.

Marta obori pogled. Zatvorila je oči i duboko razmislila. Potom se, savladavši nelagodu, sagnula.

Ako se predaješ i ne želiš da se bez dodatne pomoći okušaš u ovom grozomornom zadatku, pogledaj u **Žvrljotine podzemnog skitnice**, na strani 96.

Skitnica je s nevericom gledao u lobanje. Zaista je svih šesnaest bilo raspoređeno kako je i zahtevao. Ponovo je besno urliknuo, ali se Marta ovoga puta nije prepala – bila je spremna.

„Idemo dalje! Imaš više sreće nego pameti!", reče, vidno nezadovoljan ishodom svoje zagonetke.

Potom je gotovo uskočio u odaju kojoj su katakombe bile predvorje. Marta oprezno pođe za njim.

Ako se predaješ i ne želiš sam da se okušaš u prolasku kroz ovu kapiju, pogledaj u **Knjigu rešenja**, na strani 100.

Mračna tajna jame sa stotinu jama

Marta je kliznula u nešto osvetljeniji prostor, te je mogla bolje da osmotri svog groznog vodiča.

Na njegovom kaputu, zakrpljenom na više mesta, primetila je i mnogo džepova, i to našivenih od komada različitih materijala. Ispod groteskne kape pomaljala se neuredna kosa nalik na čekinje.

Čkiljio je u nju nekoliko trenutaka, a onda iznenada podigao pesnicu, kao da preti. Marta uzmače.

Neznanac procedi:

„Reci, Zelenokosa, šta imam u ruci? To je jama sa stotinu jama! Ako možeš da rešiš ovu zagonetku, ispritiskaćeš slova odgovora na ovoj lepotici iza mene!"

Marta pogleda u prostor iza njega, koji tek tada osvetli upaljeno ulje u zidnim žlebovima. Prolazak dalje prečila je kapija. Ipak, to nisu bila obična vrata od kovanog gvožđa, niti masivna vrata kakvima riznice čuvaju od provalnika. Bila je to stravična, nestvarno vešto izuvrtana skluptura, koja je izgledala kao nečiji oživljeni košmar. Unutar mreže od metalnih niti bila su isprepletana slova, kao da su tu zarobljena protiv svoje volje. Martu obuze strah kakav nikad ranije nije osetila. Kapija se nadnosila nad posmatračem, kao da želi da ga proguta. Tvorevina ispred koje se nalazila izgledala je kao da je živa. Iznad nje beše uklesana rečenica koju je maločas čula: „Šta je jama sa stotinu jama?"

„Polušop Migul...", pomisli devojčica.

„Ova slovna vrata ti malo ometaju misli, zar ne? Nemoj samo da ih naljutiš...“, iskezi se skitnica tobože zabrinuto.

Devojčica ga je ćutke posmatrala. Nije više gledala u kapiju, sada se usredsredila na reči koje je čula pre nego što ju je ugledala.

„Reci, Zelenokosa, šta imam u ruci? To je jama sa stotinu jama!“, prisećala se.

Misli su joj obletale oko svih predmeta koji mogu stati u stisnutu pesnicu...

Potom se upiljila u skitnicu pogledom punim pobedonosnog prezira. Kroz jedva primetan osmeh u uglu usana skliznula je reč – odgovor na ovu zagonetku. Onda je Marta prišla kapiji i, boreći se sa snažnom nelagodom, ispritiskala slova po redosledu kako se nižu u reči koju je upravo izgovorila.

Kapija zazvuča kao duboka nota na harfi, i nekako klonu.

Skitnica je promumlao nekoliko kletvi pre nego što je besno odgurnuo vrata koja vode u sledeću odaju. Marta je osokoljeno krenula za njim, i to kroz prvo pobeđeno remek-delo Polušopa Migula.

„Ne likuj, Zelenokosa! Ovo je tek lagani početak...“, saopšti joj skitnica bolnu istinu, kako se ubrzo ispostavilo.

Ako se predaješ i ne želiš sam da se okušaš u prolasku kroz ovu kapiju, pogledaj u **Žvrljotine podzemnog skitnice**, na strani 96.
Ako ti ni posle toga ne uspe da se setiš ključne reči za Migulovu kapiju, pogledaj u **Knjigu rešenja**, na strani 100.

Mračna tajna tajnih reči

Marta se obrela u velikoj prostoriji koja je ličila na drumsku stanicu za kočije. Na samom kraju tog zamagljenog prizora nalazila se još jedna kapija, ovoga puta napravljena tako da je metal imitirao drvenu skalameriju. Ličila je na stari napušteni tobogan, a slova načičkana na neobičnoj napravi izgledala su kao da će svakog trenutka poispadati sa vijugavih šina.

Devojčica je čitala stihove uklesane iznad kapije sa slovima.

„Ja ću da ti čitam, i to sa uživanjem“, prekide je skitnica.

„Reč ta važna na pamet sluti,
ali R ako joj ispred staviš,
prva reč se lako muti,
ako s drugom družbu praviš.“

Izrecitovao je stihove grozno i svečano, glasom nekoga ko se nanovo otelotvorio na sopstvenom pogrebu.

„Na kapiji moraš da ispritiskaš slova prvo prve pa potom i druge reči, ako ih znaš. Ako ne rešiš ovu zagonetku, znaš šta ti sleduje – u ovom zanosnom prostoru provešćeš poslednje dane“, govorio je promuklo.

Devojčica ga nije ni pogledala. Sve vreme je zurila u uklesani tekst zagonetne strofe. Trudila se da joj zastrašujuća kapija ne skreće pažnju, a to nije bilo lako – delo Polušopa Migula prosto je privlačilo pogled, kao da želi da ga zauvek prikuje za svoje vijuge.

Marta napreže um. Stihovi su je navodili na razne reči, ali one se nisu uklapale u zbunjujuće uslove rimovane zagonetke.

„Pa, da! Znam! Najzad, sve se uklapa!", uzviknu iznenada.

Skitnica s neskrivenom zlobom proprati njen prilazak kapiji i pritiskanje slova na njoj. Kapija se otvori, začuše se zvuci koji su oponašali škripu drvenarije i oslobodi se put ka sledećem mračnom odredištu. Marta se okrete i pogleda odrpanca.

„Idemo li?“, upita ga.

Pre nego što su prošli kroz kapiju, skitnica besno šutnu u gomilu nekakve prljave strugotine i podiže oblak iverja i prašine.

Ako ne možeš sam da rešiš zagonetku koja vodi kroz ovu kapiju, pogledaj u **Žvrljotine podzemnog skitnice**, na strani 96. Ako ti ni posle toga ne uspe da se setiš te dve reči, pogledaj u **Knjigu rešenja**, na strani 100.

Mračna tajna podzemnih ljubimaca

Čim su kročili u sledeću odaju, ona se ispuni neprijatnim životinjskim oglašavanjem. Malo je reći da zvuci kojima je odzvanjala nisu nagoveštavali ništa dobro.

„U kavezu čuvam moje ljubimce, moje jedine iskrene i prave prijatelje – slepe miševe i pacove. U njemu su sada dvadeset i četiri glave, a sedamdeset nogu! Koliko je jednih, a koliko drugih, Zelenokosa?“, nadjačavao je skitnica urlike iz ogromne metalne krletke okačene o visok svod.

Marta se zamisli. Ne potraja dugo, i ona reče odgovor.

„Trebalo je da te pitam koliko imaju zuba!", procedi skitnica i pođe ka sledećoj prostoriji.

Ako se predaješ i ne želiš sam da se okušaš u odgonetanju ove milozvučne zagonetke, pogledaj u **Žvrljotine podzemnog skitnice**, na strai 96. Ako ti ni posle toga ne uspe da se setiš puta do tačnog odgovora, pogledaj u **Knjigu rešenja**, na strani 100.

Mračna tajna trouglaste katakombe

Čim se našla u mračnoj dvorani, Martu ponovo obuze ledena jeza. Nalazila se u prostoriji oblika trougla, a beše joj jasno da je opet među nekakvim podzemnim grobovima.

Skitnica ju je dočekao sedeći na jednom od kamenih sarkofaga raspoređenih unutar trougaone odaje.

„Kao što vidiš, ovde leže šestorica predaka. Na kamenim pločama uoči simbole. Uzmi parče uglja, i neprekidnom linijom spoji sve grobnice sa istim znakom. Naravno, linije vučeš po podu, i one ne smeju da se seku", reče odrpanac i dobaci joj duguljasto parče uglja.

Marta ga spretno uhvati i zagleda se u raspored šest sarkofaga. Dugo je gledala u njih i simbole uklesane na njima, tek onda je prišla najbližem. Sagnula se i povukla prvu liniju po podu, spojivši prva dva. Ugalj je u dodiru sa kamenom proizvodio prigušen, praštav zvuk.

„Pazi, ne smeš nijednom da pogrešiš! Nema brisanja linija!", pokušavao je skitnica da joj oteža.

Devojčica nacrta još dve linije sa namerno naglašenom opuštenošću, spojivši sve grobove onako kako je od nje traženo.

„Izgledalo je mnogo teže kad sam to smišljao", razočarano pomisli skitnica, ali ne reče ništa.

Oni krenuše dalje, ka još dubljim i mračnijim delovima, kroz lavirinte ispod Ginkove ulice.

Plan trouglaste dvorane možeš da precrtaš na beli papir, koji ćeš prethodno staviti preko slike, pa sve zajedno na prozorsko staklo. Tako ćeš moći da rešavaš ovu zagonetku ne oštetivši knjigu.

Ako se predaješ i ne želiš sam da se okušaš u odgonetanju ove jezive zagonetke, pogledaj u **Žvrljotine podzemnog skitnice**, na strani 96. Ako ti ni posle toga ne uspe da spojiš grobnice, pogledaj u **Knjigu rešenja**, na strani 101.

Mračna tajna mača Sekača

Uđoše u prostoriju s naglašenim, uzdignutim središtem. Na nekakvom kamenom tronu stajao je sivi čelični mač. Pored njega bila je uklesana slika potkovice.

„Samo dva puta zamahni i udari ovim mačem po uklesanom crtežu. Posle toga, ovaj otisak potkovice konja čuvenog viteza mora biti razdvojen na šest delova! Ako to ne uspeš, zadobićeš tu čast da postaneš doživotni čuvar ovog mača. I ne brini, ne verujem da će to dugo trajati...", govorio je grozni čovek.

Marta uze u ruku teški mač. Gledala je uklesanu potkovicu. Odajom zavlada tišina. Iznenada, začuše se dva uzastopna udarca britkog metala o kamen, a sve bi propraćeno varnicama.

„Ove tvoje zagonetke mi baš idu od ruke! Vidim da si imao mnogo slobodnog vremena ovde dole. Zar nisi razmišljao o tome da nije pametno dati ovakav mač u ruke nekome koga pokušavaš da mučiš?", upita ga devojčica.

U očima skitnice ona prepoznade strah, prvi put otkako ga je upoznala.

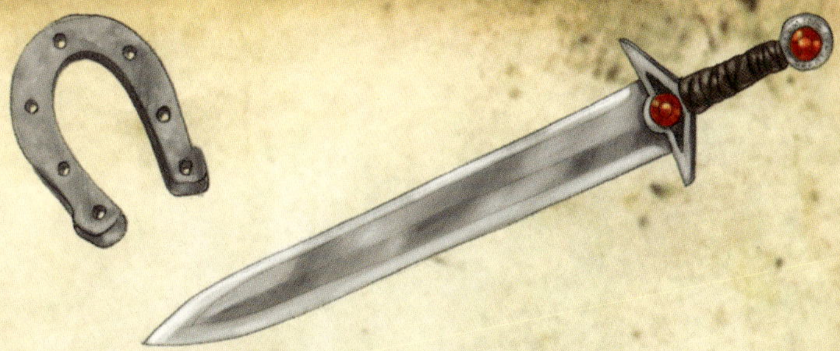

Ne čekajući njegov odgovor, Marta odloži hladno oružje i mirno reče:

„Hajdemo dalje..."

Odrpanac je bez reči povede ka niskom, zamračenom prolazu, koji se tek nazirao na suprotnom kraju Odaje mača.

Crtež potkovice možeš da precrtaš na beli papir, koji ćeš staviti na sliku, pa sve zajedno na prozorsko staklo. Tako ćeš moći da rešavaš i ovu zagonetku ne oštetivši knjigu.

Ako se predaješ i ne želiš sam da se okušaš u odgonetanju ove oštre zagonetke, pogledaj u **Žvrljotine podzemnog skitnice**, na strani 97. Ako ti ni posle toga ne uspe da se setiš na koji način da presečeš potkovicu, pogledaj u **Knjigu rešenja**, na strani 101.

Mračna tajna drvenog krsta

Marta je kročila u memljivu prostoriju, koja je više ličila na pećinu nego na podzemnu građevinu. Na podu od utabane zemlje nalazio se veliki krst, napravljen od četiri grubo istesane drvene grede. Na njima se videlo da su veoma stare.

„Ovo su grede sa krova jedne kuće koje više nema...", trgnu je glas iz mraka.

„Pomeri samo jednu od njih, i napravi pravilan kvadrat. Ako ne uspeš, Zelenokosa, znaš već...“, uzdahom završi skitnica.

Marta priđe gredama i nadvi se nad njima.

„Opet jedna tvoja...“, zaključi devojčica naglas.

„Ćuti i reši je ako možeš!“, naredi joj skitnica nervozno.

„Evo, evo...“, reče Marta, i brže nego što je i sama očekivala, napravi kvadrat od greda.

Iako nije prozborio ni reč, u teškom vazduhu osećala se teška nelagoda zagonetača, čija je zagonetka rešena brže nego što je postavljana.

On dohvati Martu za rukav i odvuče je u sledeći prostor. Ipak, Marta oseti da to odvlačenje nije bilo tako grubo i zlonamerno kako bi se iz njegovog gesta dalo zaključiti.

Ako se predaješ i ne želiš sam da se okušaš u odgonetanju ove zagonetke, pogledaj u **Žvrljotine podzemnog skitnice**, na strani 97.
Ako ti ni posle toga ne uspe da se setiš na koji način da napraviš kvadrat, pogledaj u **Knjigu rešenja**, na strani 101.

Mračna tajna velike lupe

Čim su kročili u sledeću prostoriju, skitnica je dohvatio poveliku lupu i kroz nju nekoliko trenutaka bez reči posmatrao devojčicu. Oko mu je delovalo ogromno, i Marta se stresla od jeze gledajući u njegovu tamnu, nesrazmerno veliku zenicu.

Na zidu se, pod svetlošću dve baklje, nalazila školska tabla, koja je izgledala kao da je istrgnuta iz košmara deteta koje je živelo u devetnaestom veku i iznad svega mrzelo školu. Bila je crna, ispucala i nagnuta. Izgledalo je kao da će se svakoga časa obrušiti na onoga ko stoji ispred nje. Čak je i sunđer za brisanje izgledao kao da još uvek nije oprostio onima koji su ga izvukli sa morskih dubina na bolni vazduh.

„Evo još jedne moje zagonetke, tek da ti boravak ovde učini još zanimljivijim! Nacrtaj na ovoj tabli nešto što moja lupa ne može da uveća! Ako to što nacrtaš bude delovalo veće kada ga pogledam kroz ovo sočivo, nema ti izlaska iz mog podzemlja!", rekao je strogo.

Marta je oprezno uzela belu kredu koja se nalazila ispod pretećí nagnute table. Gledala je u neravnu crnu površinu, znajući da joj spas zavisi od onoga što će na njoj nacrtati.

Kada je kredom povukla prvu liniju po crnoj površini, razlegla se grozna škripa. Naježena devojčica samo na tren prekide crtanje, i tada najbrže što je mogla dovrši svoj crtež.

Onda se okrete ka odrpancu i prkosno mu reče:

„Pogledaj ovo kroz svoju lupu, i reci da li ti izgleda veće!"

Skitnica nije ni morao da proverava, znao je da je još jedna njegova zagonetka rešena. Umesto potvrde, on tresnu lupu o kameni zid. Prasak srče prolomi se kroz podzemlje.

Iako je strasno volela lupe, Marta natera sebe da se ravnodušno nasmeši, te pođe za svojim vidno neraspoloženim vodičem.

Ako ne želiš i sam da se okušaš u ovom škripavom zadatku, pogledaj u **Žvrljotine podzemnog skitnice**, na strani 97.
Ako ti ni posle toga ne uspe da se setiš šta je Marta trebalo da nacrta, pogledaj u **Knjigu rešenja**, na strani 101.

Mračna tajna potopljenog podruma

Marta se pažljivo spusti niz skliske strme stepenice. Čula je odjek kapanja vode i jasno je osećala da to ne sluti na dobro. Voda ovde nije slučajno, u to je bila sigurna.

Ubrzo se našla u jedva osvetljenom, potopljenom podrumu. Voda je dopirala do članaka i tu i tamo se zloslutno komešala.

„Dok stoji mokro je, kad se kreće – suši se?", prosikta skitnica kada su zastali.

Upravo to je pisalo iznad kapije sa slovima.

„Ovoga puta Polušop Migul prevazišao je sam sebe", pomisli Marta kada je ugledala kapiju koja se uzdizala iz vode poput avetinjskog broda.

Nekakva svetlost lizala je izuvijano gvožđe, dajući mu još jeziviji izgled. Marta ipak hrabro kroči u hladnu vodu. Kada je stigla do kapije, jedva je dohvatila slova koja je trebalo da ispritiska za tačan odgovor na ovu zagonetku.

Vrata se otvoriše i bujica vode obruši se u prostor iza kapije, gotovo oborivši devojčicu. Ona vrisnu i zatetura se, ali ostade na nogama.

Brzo se pribrala. Sačekala je da voda otekne u bezdan ispod rešetaka koje su se nazirale iza razjapljene kapije.

Kroz nju je prošla mirno i samouvereno, kao da ulazi u svoje dvorište.

Ako ne želiš i sam da se okušaš u ovoj hladnoj i mokroj misteriji, pogledaj u **Žvrljotine podzemnog skitnice**, na strani 97.

Ako se predaješ i ne želiš sam da se okušaš u odgonetanju ove zagonetke, pogledaj u **Knjigu rešenja**, i to na stranu 102.

Mračna tajna sedam kostiju

Marta se našla u hladnom, vijugavom hodniku. Primetivši svetlost, krenula je napred. Stigla je do oskudno osvetljenog proširenja, na čijem je središtu ugledala nekoliko kostiju. Bile su poređane u neobičnom rasporedu, čineći tako jezivu jednačinu.

„Pomeri samo jednu kost, i napravi tačnu jednakost! Dakle, jedna kost pravi jednakost! Ha, šta kažeš, kako sam ovo genijalno smislio!“, vapio je skitnica za pohvalom.

Marta je gledala u jednačinu. Nije želela da dodiruje kosti pre nego što sasvim promisli odgovor. Krenula je rukom ka jednoj od njih, potom zastala. Zatim hitro premesti jednu kost na drugo mesto i jednakost zaista posta tačna.

„Ova nije bila baš laka!“, reče više zbog toga da uteši skitnicu nego što je to zaista i mislila.

Pokušavajući da prikrije novo razočaranje, odrpanac je povede dalje.

Ako ne želiš da se sasvim sam okušaš u odgonetanju ove zagonetke, potraži pomoć u delu **Zvrljotine podzemnog skitnice**, na strani 97.
Ako ti ni posle toga ne uspe da se setiš na koji način da napraviš jednačinu, pogledaj u **Knjigu rešenja**, na strani 102.

Mračna tajna tragova na zemlji

Marta oprezno uđe u odaju nešto širu i čistiju od ostalih. Zidovi su bili obli, vešto ozidani opekom, a pod uglačan iako sazdan od utabane zemlje. Naslonjen na zid, skitnica je sedeo i ćutao. Sada joj je prvi put izgledao nekako bespomoćno. Devojčica je stajala i posmatrala ga, a potom prišla suprotnom zidu, sela i naslonila se. I njoj je bio potreban odmor, a imala je osećaj da bi koji časak trebalo da provedu u tišini.

Vreme je prolazilo sporo i učinilo joj se da će zaspati, ali spavati nekoliko metara ispod zemlje, u prostoriji sa nepredvidivim odrpancem – svakako nije ono što je naumila. Prenuše je sumorno recitovani stihovi:

„Ostavlja trag
na zemlji,
a nikada
na vodi,
ni po jednom,
ni po drugom,
nikada ne hodi!

Ako ne kažeš o čemu je reč, ostaćemo ovde još dugo...", umorno reče usamljeni čuvar Zagonetarijuma.

„Tvoja?", upita devojčica, i ne očekujući odgovor.

I ostali su tu još dugo, ne samo zbog toga što ova zagonetka ne beše laka. Marta se prilično brzo dosetila odgovora. Ipak, izgovorila ga je tek kada se odmorila i bila sasvim spremna da ponovo krene za svojim odrpanim vodičem, još dublje u mrak bizarnog podzemnog lavirinta.

Napokon su krenuli dalje.

Ako ne želiš da se sasvim sam okušaš u odgonetanju ove zagonetke, potraži pomoć u **Žvrljotinama podzemnog skitnice**, na strani 97.
Ako se predaješ i ne želiš sam da se okušaš u odgonetanju ove zagonetke, pogledaj u **Knjigu rešenja**, i to na stranu 102.

Mračna tajna neživog putnika

Pred jedan nisko zasvođen prolaz skitnica ubrza i nestade u mraku. Marta pođe za njim i nađe se u prostoriji koja je tako dobro odjekivala da joj se činilo da čuje čak i jeku sopstvenog disanja. Pomislila je da bi ovde iznenadne reči skitnice mogle gadno da je prepadnu, te ona pokuša da uoči odrpanca pre nego što ovaj išta progovori. Ipak, uspeo je da je iznenadi.

„Okrenut glavom nadole, po zemlji hodi. Iako nije živ, prilazi često hrani i vodi...“, zloslutnim tonom prozbori on zagonetku u stihu.

Marta ga nije ugledala, ali nije ni pokušavala. Prišla je kapiji iznad koje je ova zagonetka bila uklesana. Iako u senci, nazirala se njena veličina i složenost. Jasnije od ostalih detalja uočavala su se slova. Marti je to bilo dovoljno, nije dozvolila ostatku kapije da joj ometa misli. Stojeći tik ispred metalne konstrukcije, mogla je da čuje prigušeni odjek napetog metala, nekakvu jezivu jeku ni od čega. Razmišljala je, pokušavajući da odagna zvuke.

Prošlo je toliko vremena da je skitnica zaspao. Njegovo ravnomermo disanje ovde je odjekivalo kao da u blizini huči uspavani nilski konj.

Devojčica je ovu zagonetku rešavala dugo. Očigledno je dugo smišljana i teško rešiva. Ipak, pre nego što je i nju savladao težak san, setila se. Prišla je kapiji i lagano ispritiskala glatke poluge sa slovima. Bila je i dalje tiha, namerno.

Skitnicu je probudilo bučno klepetanje kapije – dok se otvarala zvučalo je kao topot ratničkih konja. On se trgnu i u bunilu vrisnu. Za promenu, sada je Marta Smart saputniku priuštila iznenađenje i nespokoj.

Naravno, pre njega je prošla kroz kapiju, te odrpanac gunđajući potrča da je sustigne.

Ako ne želiš sam da se okušaš u odgonetanju ove zagonetke, potraži pomoć u **Žvrljotinama podzemnog skitnice**, na strani 97.

Ako to ne pomogne, za odgonetanje ove zagonetke pogledaj u Knjigu rešenja, i to na strani 102.

Mračna tajna crnih paukova

Marta banu u sobu punu paučine, koja se preteći nadvijala iz mračnih uglova. Odmah je primetila da se prostrane mreže lagano njišu i nazrela je na njima mnogo osmonogih stvorova. Jedan pauk prođe pored njenih nogu i zamaknu u mrak – beše to ružna, grbava životinja. Crvena šara na njegovim ispupčenim leđima nagoveštavala je jak organski otrov.

„Sve su ženke, ako te zanima", prenu je hrapavi glas skitnice.

„To je podatak koji te neplanirano čini najlepšim muškim bićem u odaji", zajedljivo mu odbrusi devojčica.

„Uskoro nećeš biti tako vickasta, Zelenokosa. Piše iznad kapije, ali ja ću ipak da ti prepričam. Svaka ženka ove vrste pauka uvek snese isti broj jaja kao i ostale u okruženju. Ovde je, one sedmice kada su postavljali kapiju, položeno tačno 1079 paukovih jaja. Lično ih je Polušop Migul izbrojao. Ti samo treba da dokučiš koliko je tačno ženki tada snelo jaja, i koliko je tačno jaja svaka ženka snela! Ta dva broja moraš da ispritiskaš na kapiji. Možeš da kreneš sa brojem ženki koje su tada ostavile potomstvo, ili sa brojem jajašaca koje je snela svaka od njih, svejedno. Ako pogrešiš, kapija će klonuti, i ostaješ sa ovim lepoticama zauvek! A pošto su prgave i otrovne, s njima se nećeš baš lako sprijateljiti", reče odrpanac.

I kapija Polušopa Migula beše poput paukove mreže, u koju su se naoko zlom srećom uhvatile sve cifre, od 0 do 9. Metalna struktura izgledala je kao pletenina, živa i otrovna.

Marta je shvatila da mora dobro da razmisli. Znala je samo to da ludog tvorca kapije nije mrzelo da izbroji više od hiljadu jaja ovih odvratnih stvorenja.

Posle nekoliko trenutaka zelenokosa devojčica priđe pretećoj kapiji. Onda podiže ruku i lagano, kao da je blagonaklono tapše, ispritiska cifre odgovora. Kapija se razjapi i otvori prostrani prolaz u sledeću odaju.

„Izgleda da ni Šizlapove zagonetke nisu mnogo izazovnije od mojih! Iver i klada...!“, prosikta skitnica i prođe kroz razjapljenu mrežastu kapiju.

Marta lagano pođe za njim, ponosno pevušeći Boemsku rapsodiju Fredija Merkjurija.

Ako ne želiš sam da se okušaš u odgonetanju ove zagonetke, potraži pomoć u **Žvrljotinama podzemnog skitnice**, na strani 97.
Ako to ne pomogne, za odgonetanje ove zagonetke pogledaj u **Knjigu rešenja**, i to na strani 102.

Mračna tajna drugog sudije

Marta je ušla u šarenu, prostranu odaju. Izgledala je kao drevna soba za zabavu i dokolicu. Odrpanac se na sredini šarenog tepiha vrteo ukrug i sada je zaista izgledao poput pijane dvorske lude. Do tada oklembešeni krajevi njegove kape leteli su na sve strane. Devojčica ga je nemo posmatrala.

„Ovde dole, ja sam ti jedini sudija. Ako mi dosadi, mogao bih tvoju sudbinu da prepustim i jednom drugom sudiji. Za razliku od mene, taj ima šest lica i dvadeset jedno oko! Ukucaj njegovo ime na kapiji, i ideš dalje!", vikao je skitnica, ne prestajući da igra svoj grozomorni ples.

Kapija Polušopa Migula, na kojoj je Marta trebalo da ispritiska odgovor, bleštala je kao sablasni luna-park, iako bez vidljivog izvora energije. Slova su se jasno izdvajala iz šarenila.
Iznad kapije behu rečenice koje je skitnica maločas upotrebio u svom monologu.
„Sudija sa šest lica i dvadeset jednim okom?", bilo je ispisano na kitnjastoj tabli.

Ne prođe dugo, kad Marta pritiskanjem pravih slova, po pravom redosledu, otvori kapiju. Zvuci koji su to propratili podsećali su na elektronsku muziku pobeđenog flipera.

Ne čekajući ni trena, skitnica protrča kraj nje i izgubi se u hodnicima koji su se ukazali iza kapije. Marta slegnu ramenima i pođe za njim.

Ako ne želiš da se sasvim sam okušaš u odgonetanju ove zagonetke, potraži pomoć u odeljku **Žvrljotine podzemnog skitnice**, na strani 97.
Ako se predaješ, pogledaj u **Knjigu rešenja**, i to na strani 102.

Mračna tajna mračnog lavirinta

Devojčica se nađe u predvorju ispred nekog mračnog lavirinta. Iz mraka je prilazilo svetlo. Bio je to skitnica, koji je nosio četiri upaljena fenjera.

„Pred tobom je lavirint, koji se samo tako zove, jer je besramno jednostavan. Ali ima nešto što nije lako. Moraš da ga osvetliš sa ova četiri fenjera, ali tako da svaki hodnik bude direktno osvetljen zracima svetlosti neke od ovih svetiljki!", reče i utrapi joj sva četiri.

Marta prvo prošeta kroz lavirint, i uveri se da je zaista besmisleno lak. Osmotrila je potom sve zidove, razmišljajući o razmeštaju uskih prolaza.

Potom je parčetom uglja koje je sačuvala nacrtala na podu mapu. Pošto je sve dobro proučila, ona uđe u lavirint i poče da raspoređuje svetiljke, rasterujući mrak iz tamnih hodnika.

Kada je postavila sva četiri fenjera, zaista svaki prolaz lavirinta posta osvetljen, i to direktnom svetlošću. Skitnica pokupi svetiljke i pogasi ih uz nerazgovetno mumlanje. Marta nije čekala da završi – sama je krenula dalje.

Možeš da pokušaš da rešiš ovu tajnu tako što ćeš stavljati zrna kafe ili bibera na crtež u knjizi.

Ako ne želiš da se sasvim sam okušaš u osvetljavanju lavirinta, potraži pomoć u odeljku **Žvrljotine podzemnog skitnice**, na strani 97. Ako ti ni posle toga ne uspe da se setiš kako bi trebalo da ga osvetliš, pogledaj u **Knjigu rešenja**, na strani 103.

Mračna tajna razbijenih tanjira

Marta uđe u prostoriju koja je bila neka vrste podzemne trpezarije. Na prašnjavom stolu bilo je postavljeno dvanaest tanjira.

„Još jedna tvoja, pretpostavljam? Dokle, bre?“, upita devojčica skitnicu čim je ovaj banuo za njom.

„Ćuti i pogledaj kako je postavljen sto, Zelenokosa. Lako ćeš uočiti da ovih dvanaest tanjira obrazuje šest istih, zamišljenih kvadrata. Uzmi tri tanjira, i razbij ih o zid. Ali biraj pažljivo – kada to učiniš, na stolu ti moraju ostati tri ista kvadrata. Izaberi pogrešno, i ostaješ ovde zauvek!“

„A da mi pustiš grčku muziku?“, začika ga devojčica.

Odrpanac oćuta.

Prišla je stolu, postavljenom za svečani obed koji se nikada neće dogoditi. Gledala je tanjire prilično dugo i bez reči.

Skitnica namerno zevnu, upadljivo se radujući devojčicinom premišljanju. Na pola sledećeg usiljenog zevanja preseče ga prasak razbijene keramike.

Dok se pribrao i okrenuo, i drugi tanjir već beše razbijen u paramparčad. Marta ga je gledala u oči, držeći treći tanjir. Ništa nije govorila, ali iz njenog pogleda beše jasno šta je želela da kaže:

„Najradije bih ti ovaj tanjir razbila o glavu!"

Marta naglo promeni izraz lica, pa nehajno baci tanjir iza sebe. On udari o zid i raspoluti se.

„Hajdemo dalje, ovde je nered", reče potom, kao da joj sve već postaje lako i dosadno.

Skitnica mrzovoljno priđe stolu i vide ono što je već i očekivao da će videti. Devojčica je zaista ostavila tri ista kvadrata. Odrpanac odmahnu rukom i bez reči je povede ka sledećoj podzemnoj stanici.

Ako ne želiš da se sasvim sam okušaš u odgonetanju ove zagonetke, potraži pomoć u delu **Žvrljotine podzemnog skitnice**, na strani 97.

Ako ti ni posle toga ne uspe da se setiš kako da napraviš tri kvadrata, pogledaj u **Knjigu rešenja**, na strani 103.

Prostorija u koju su dospeli beše sasvim jednostavna. Marta je stajala ispred vrata koja su ličila na ulaz u rudarsko okno. Na gredi iznad ulaza bilo je urezano nekoliko slova, a dva su očigledno nedostajala:

DDT• P• SODS

„Pogledaj niz slova iznad vrata! Iako to tvoj zeleni mozak ne može odmah da shvati, ona su poređana po jednom strogom pravilu! Vidiš da dva nedostaju! Koja dva, Zelenokosa?"

Umornoj devojčici slovni kod bio je poslednje što je priželjkivala u ovom podzemnom košmaru. Ipak, pokušala je na sve načine da shvati princip po kome su poređana slova.

Nije proteklo mnogo vremena, a devojčica je prišla kapiji. Pritisla ju je dva puta, i to na prava mesta – na slova koja su nedostajala.

„Da nisam umorna, rešila bih ovo za nekoliko sekundi...", reče više za sebe, ali naglas.

Skitnica ovoga puta nije ništa rekao, niti promrmljao. Iako to ni u bunilu ne bi prozborio, tada je prvi put pomislio da bi ova drska, zelenokosa devojčica mogla proći veoma daleko unutar zagonetnog podzemlja, možda čak i dalje nego što je on sam ikada uspeo.

Marta opet sama nastavi put kroz kapiju, ne čekajući vodiča.

Ako ne želiš da se sasvim sam okušaš u odgonetanju ove zagonetke, potraži pomoć u delu pod nazivom **Žvrljotine podzemnog skitnice**, na strani 98.

Ako ni tada ne uspeš u odgonetanju dva nedostajuća slova, pogledaj u **Knjigu rešenja**, i to na strani 103.

Mračna tajna neobičnog skeleta

Kročila je u sobu koja je bila jezivija od svih – u njoj se nije videlo nšta drugo do gomile razbacanih skeleta. Kapija Polušopa Migula nadjačavala je stravu svih prethodnih prizora. Bila je sazdana od metalnih elemenata koji su podražavali kosti. Ogromnih dimenzija, izgledala je kao razjapljeni skelet nekog džina, davno izgubljenog u huku vremena. Čak su i slova, urezana u beličasto tkivo kostura, ličila na drevne zapise iz prošlosti. Svaka od hiljadu kostiju izgledala je kao da želi zauvek da zarobi uljeza, čineći ovu kapiju pretećom i zloslutnom.

„Dve kičme, na hiljade rebaraaaa!", zakrešta skitnica, koji se iznenada pojavio iza nje.

Marta je već pomalo verovala u istovetnost uklesanih zagonetki i reči koje joj je odrpanac upućivao, ali ipak priđe grozomornoj tvorevini, ne bi li i sama pročitala zadatu tajnu. Jedva je uočavala slova visoko iznad Kapije skeleta.

„Dve kičme, na hiljade rebara", bilo je sve što je pisalo.

Marta je neko vreme gledala u kapiju, potom je sa nelagodom dotakla. Imala je snažan osećaj da će je Kapija skeleta zgrabiti. Ipak, žurno je ispritiskala sva slova odgonetke i odmah uzmakla. Delovi kapije grozno zazvečaše, stvarajući jeziv zvuk lomljave kostiju. Skalamerija se razjapi.

Skitnica je povede kroz otvor što se ukazao, a devojčica se već pomalo čudila izostajanju njegovog uobičajenog gunđanja.

Ako je ovaj zadatak ipak pretežak za tebe, pomoć se nalazi na strani 98, a rešenje na strani 103.

Mračna tajna tajnog slova

Odaja u kojoj se devojčica sada našla bila je manja od ostalih, uska i teskobna. Na zidu iznad kapije Polušopa Migula slova i brojevi ne behu uklesani, već zakovani na kamenu ploču. Na mnogim mestima slova su otpala. Umesto njih, nalazila se samo mala rupa.

„Koje slovo može da nadomesti sva otpala slova?“, upitao je skitnica devojčicu.

3• 72E823• 8
7• 8Z747• 27
6• 1B34• 8U3
9• 673• 72N1
M• 23 • 2AJ2
9• 6• 7287P2
8• • 17A3L81
3• 1• 837T22
4• 23• 12763
5• 731• 1M6
7• 7J32• 216
8• 87134• 31
4• 217834• 7

Marta se samo nasmešila.

„Postoje misterije koje rešiš ili odmah, ili nikada“, pomislila je devojčica pre nego što je prišla kapiji koja je ličila na pećinske ukrase i pritisla jedno slovo na njoj.

Prolaz se otvorio, i Marta prođe. Za sobom je čula korake skitnice.

Ako ne želiš da se sasvim sam okušaš u odgonetanju ove zagonetke, potraži pomoć u delu **Žvrljotine podzemnog skitnice**, na strani 98.
Ako ni tada ne uspeš u odgonetanju tajnog slova, pogledaj u **Knjigu rešenja**, i to na strani 103.

Mračna tajna dva niza

Marta je prva kročila u vijugavi hodnik.

Ispred nje nalazio se sto, a na njemu osam keramičkih pločica sa brojevima.

„Kud žuriš, bez mene ionako ne možeš dalje!“, rekao joj je skitnica kada ju je sustigao.

„Šta da radim s ovim pločicama?“, upita devojčica.

„Posmatraj dva uspravna reda. Jednom je zbir 19, drugom 20. Premesti dve pločice, ali tako da u svakom uspravnom redu bude opet po četiri pločice, ali i da imaju jednak zbir!“, reče odrpanac.

Marta se zagleda u kamene brojeve. Ovo je izgledalo lako samo na prvi pogled.

Pokušavala je da zameni bilo koja dva broja, ali nikako nije uspevala da dobije dva uspravna reda sa jednakim zbirom.

Ipak, bila je sigurna da će rešiti i ovu zagonetku. Kao i uvek, na odustajanje nije ni pomišljala, iako je sada već bila prilično sigurna da bi i skitnica mogao da joj progleda kroz prste.

Iznenada, poskočila je od radosti. Ispod oka je primetila da u očima odrpanca više ne beše tragova besa niti razočaranja.

Pošla je ka sledećoj odaji ne krijući vedar osmeh na licu.

„Da znaš šta se nalazi u sledećoj prostoriji, ne bi tako žurila...“, čula je reči iza sebe.

Ako ne želiš i sam da se okušaš u misteriji kamenih pločica, pogledaj u **Žvrljotine podzemnog skitnice**, na strani 98.
Ako ni to ne pomogne, pogledaj rešenje na strani 104.

Mračna tajna prepariranog jednoroga

Ono što je čekalo u sledećoj odaji Marta nije mogla da zamisli ni u najgrozomornijim snovima. Na središnjem delu odaje nalazio se veliki preparani jednorog! Izgledalo je da velika životinja ponosno stoji na postolju od piramidalnog kamena. Na njemu je bilo uklesano sedam rečenica.

Ovo je jednorog.
Okrenut je ka severu.
Dole su kopita.
Gore je rog.
Iza je rep.
Napred je glava.
U sredini je trup.

„Koja je od ovih rečenica drugačija i po čemu se ona toliko razlikuje od drugih? Moraš iz prve odrediti tu rečenicu, Zelenokosa, inače... znaš već!", reče joj čovek u ritama, sa mnogo neuverljivijom pretnjom nego ranije.

„Znam da jednorozi ne postoje... Ipak, ova životinja izgleda prilično stvarna", reče ona zbunjeno.

„To je nekakva stara skulptura, neki umetnik je na prepariranog konja umetnuo rog narvala, malog kita sa severa... Ne znam ni zašto ti olakšavam ovo!“, reče odrpanac.

Devojčica je sada gledala samo u uklesane redove. U sebi je čitala svaku rečenicu. Primetila je nešto neobično.

„Pa, naravno! To je to!“, uzviknula je radosno, uočivši rečenicu koja se zaista po jednoj osobini bitno razlikuje od ostalih šest, a i od gotovo svih ostalih rečenica, ikad napisanih.

„Iskucaj je na kapiji, pa da idemo dalje!“, reče odrpanac nestrpljivo, kao da je i on želeo da što pre napusti prostor u kome su se nalazili.

Tek tada devojčica obrati pažnju na kapiju. Bila je to maestralno izvedena skulptura sa mnoštvom razigranih jednoroga. Na sapima, grudima i glavama iskovanih životinja bejahu slova. Marta potraži ona koja su joj potrebna, i ispritiska ih po redu. Začu se njištanje, potom zvuk koji je oponašao sudar rogova, i kapija se širom otvori.

Ako ne želiš i sam da se okušaš u mračnoj tajni jednoroga, pogledaj u **Žvrljotine podzemnog skitnice**, na strani 98.
Ako ni to ne pomogne, pogledaj rešenje na strani 104.

Mračna tajna imena podzemnog skitnice

Marta se nađe u sobi sa drvenim klupama i klonu na jednu od njih.

„Kako se ti uopšte zoveš?“, upita devojčica iznenadivši i sebe i skitnicu, koji je sedeo na klupi u zamračenom uglu.

„Odkud ti drskosti da me to pitaš?“, zareža on, pokušavajući da stvori utisak da mu nije do razgovora.

„Pa eto, velike su šanse da ovde ostanemo dugo...“, reče Marta.

„Moje ime prilično je uobičajeno. Oduzmi mom imenu poslednje slovo, i dobićeš nešto čega ovde pod zemljom ima u izobilju. Tvojim dolaskom, taj se broj i uvećao. Nadaj se da je tvoj doprinos toj brojnosti privremen...“, reče skitnica, rešen da bar jednu svoju zagonetku ostavi nerešenom.

Marta je ćutala. Sada je znala kako se taj očajni čovek zove, ali mu to nije pokazala. Činilo joj se da je još uvek rano za to...

Pokušajte da odgonetnete ime Martinog podzemnog vodiča. Ako ne uspete, pogledajte u **Žvrljotine na zidu podzemnog skitnice**, na strani 98. U krajnjem slučaju, rešenje se nalazi na strani 104.

Umesto da spomene njegovo ime, Marta skrete razgovor na nešto što nije sasvim odgonetnula. Povezala je navode iz zavetnog dečačkog pisma koje je pronašla sa svim što je ovde zatekla, ali mnogo toga ostalo je u maglinama nedoumice.

„Zašto je profesor Šizlap napravio ovo podzemlje?"

„Zato što je lud. Zato što je mogao. Zato što je tako odlučio. Zagonetarijum bi trebalo da predstavlja slavoluke drevnom umeću zagonetanja, po njegovom mišljenju zapostavljenoj veštini. A kada postoji nešto što čoveka opseda, sve ostalo mu se poklapa kao naručeno. Znao je da se ispod njegove kuće nalaze antički hodnici i katakombe, što se savršeno podudaralo s njegovim planovima o izgradnji Zagonetarijuma. Od prvog trenutka kada je video Migulove čudesne kapije, želeo je da ima sve što taj čovek napravi. Znao je i da Polušop Migul nije lakom na novac koliko na izazove. I zaista, genijalni majstor je pristao na dogovor, želeći da pravi kapije-zagonetke. Nije ni čudo što su se složili, linija koja razdvaja genije od ludaka tanka je i nestalna. Njih dvojica su je očigledno davno prekoračili, i dugo se potom nisu zaustavili. I tako je ludi profesor Šizlap uspeo da u Zagonetarijumu objedini ono što ga je najviše očaravalo – Migulova dela, sopstvene zagonetke i želju da zabavi druge, razuzdanu u njegovoj fascinaciji dvorskim ludama. Čak je tu i tamo umetnuo i obrise njegove izgubljene i nikad prežaljene igračke iz detinjstva – krpene lutke dvorske budale. Čitavo ovo podzemlje je posledica njegovih ludačkih opsesija", reče skitnica, sa ponovo probuđenim besom.

Marta ga je slušala, ne želeći da ga prekida. Ipak, kada je ovaj zaćutao, ona ga upita:

„Da li si ti ovde... svojom voljom?“

Čovek ne odgovori. Oni pođoše dalje, ćuteći. Ovaj trenutak imao je još jednu novinu – Marta sad beše sasvim uverena da ona i skitnica više nisu neprijatelji.

Mračna tajna naoko poslednje Migulove kapije

Čim je kročila u sledeću prostranu odaju, shvatila je da je u njoj sama. Skitnica je usput iščeznuo, i Marta je imala čudan osećaj. Ipak, rešila je da pokuša da sama otvori raskošna vrata koja su dominirala ovim prostorom. Bila su ogromna, sazdana od trideset iskošenih čeličnih kocaka, uglačanih do sjaja. Zahvaljujući nepoznatoj tehnici obrade, delovi kapije izgledali su kao zamrznuti, optočeni raznolikim kristalima leda. Na svakom od njih nalazilo se po jedno slovo abecede, precizno urezano, sa kitnjastim ukrasima.

„Ovo je izlaz, Zelenokosa... Ovo su jedina vrata koja nisam uspeo da otvorim, i jedina zagonetka na koju nisam uspeo da odgovorim", reče skitnica glasom koji je prvi put primetno podrhtavao od nespokoja.

Devojčica odmah shvati da su delovi sa slovima uglačani od beskrajnih, uzaludnih pokušaja da se vrata otvore.

„Zato si ostao ovde?", upita ga Marta tiho.

„Zato. I ne može se ni izaći dok se zagonetka ne reši! To je zamislio ludi profesor! Nema povratka. Rešavaš zadatke uspešno, ili te nema na svetlosti dana! Kao što ja vodim tebe, tako je on vodio mene. Kada sam pobesneo i nasrnuo na njega, pobegao je odavde glavom bez obzira! Naravno, pokušavao je posle da me izbavi, kada je najzad shvatio da sve zagonetke na svetu nisu važnije od najveće među zagonetkama – od života. Ali nisam mu dozvolio da se iskupi. Nema opraštanja! Sašio sam sebi kapu dvorske lude, da mu pokažem šta je otelotvorio svojim neumornim, suludim nastojanjima! I veruj mi, čim bi kročio u moje podzemlje, ubio bih ga! Stradao bi od ruke prave dvorske lude, srednjovekovne spodobe koju je čitavog života prizivao. On vrlo dobro zna šta ga čeka! Puštam ga da se kaje. Uveren sam da je ovih nekoliko meseci propatio mnogo više nego ja! To je i zaslužio...“, reče skitnica pun gorčine.

„Ali to što radiš ne donosi pobedu nikome. Kaznio si svog profesora, ukazao si mu na besmisao svega ovoga, i to je razmljivo. Donekle... ali ne razumem... Ti si taj koji ne gleda belinu dana. Najblaže rečeno, ovako svi pate, bez smisla i bez...“, započe Marta.

„Nije mi jasno kako si stigla do samog kraja ovog podzemnog mučilišta kad tako teško shvataš očigledne stvari. Ja Šizlapu nisam samo najbolji student, koji se odvažio da reši njegov grozni lavirint i time ga zadivi. Ja sam mu sin...“, reče skitnica prigušivši završetak rečenice jecajem.

Marta na tren nije mogla da poveruje u ono što čuje. Našla se usred mračne i teške, pa još i porodične misterije. Prvi put otkad je sišla u mrak ispod Ginkove ulice, bi joj žao čoveka koga je dole upoznala. Rešila je da ćuti, jer je znala: kad nešto kažeš, to mora biti bolje od tišine. U tom trenutku, takve reči nisu postojale.

Posle izvesnog vremena devojčica pomisli da je pravo vreme da prva progovori.

„Hajde da otvorimo i ta poslednja vrata!", reče.

Šizlapov sin ustade i osvetli natpis koji je se nalazio na bronzanoj ploči iznad masivnih vrata sa uglačanim delovima. Na njoj je pisalo:

„Kaži ga sporo,
- svaki svojeg voli!
Kaži ga brzo,
– niko ga ne voli!"

Devojčica je odmah shvatila da se nalazi pred najtežim izazovom čitavog Zagonetarijuma. Znala je da neće biti ni brzo, ni lako. Sela je na pod, i pokušala da se što udobnije nasloni na kameni zid. Zažmurila je. Pokušala je da otkloni sav očaj i umor, sve što joj je ometalo bistrinu misli. Da je u tom trenutku mogla da vidi lice skitnice, videla bi usahle oči u kojima se ponovo budila nada.

Devojčica naglo ustade i pritrča kapiji. Potom pruži ruku i primače je jednom slovu, a onda joj ruka klonu. Nešto u njenoj zamisli nije se sasvim uklapalo. Ona uzdahnu. Ideja je obećavala, ali je shvatila da će joj biti potrebno mnogo više vremena za ovu zagonetku.

Razmišljala je dugo, pre nego što je ponovo prišla Poslednjoj kapiji. Kada se to dogodilo, njena ruka bila je sigurna – samouvereno je pritisnula prvo, potom i sva ostala slova reči koja je označavala rešenje.

Ovo je zagonetka čije rešenje se ne nalazi u ovoj knjizi. Ako uspete da je rešite, kao što je uspela Marta, pošaljite rešenje izdavaču ili autoru ove knjige. Mračna tajna poslednjih vrata Polušopa Migula se nastavlja...

Poslednja vrata Polušopa Migula zaigraše svim svojim elementima, kao da ih je pokrenuo nekakav veseli zemljotres. Počeše da se otvaraju dok su se metalni delovi međusobno dodirivali, stvarajaću tako vatromet varnica i predivne zvuke. Beše to neponovljiva muzika koja prožima svaki molekul okruženja, a izvitopereni metal ju je izvodio poput vrhunskog orkestra. Iako nepoznata i bezimena, melodija je jasno, glasno i razgovetno slavila život i svetlost.

Dvoje podzemnih zatočenika bez daha su gledali i slušali izvođenje gromke simfonije iskričavih nota, podzemnog spektakla kojim ih je Polušop Migul pozdravljao sa onoga sveta. Bila je to scena zbog koje je vredelo zalutati u dno, mrak i beznađe, jer bez prethodnog upoznavanja mraka, ni prava radost pod svetlošću ne može da postoji. Kada se sve završilo, kapija je ostala otvorena, jedva primetno i čujno vibrirajući, i to tako da je svaki njen deo zvečao svečanom dobrodošlicom.

Tada se ču i poslednja nota, i to ona koja nije postojala na ljudima poznatoj skali. Divna i neopisiva. Iz kapije kliznu viljuškasti ključ od nepoznatog metala, izvitoperen i nestvaran. Čudni predmet pade pred Martu, stvarajući svakim udarom o kameni pod onu istu, nikada pre slušanu notu.

„Ti ga uzmi, očigledno je tebi namenjen. Meni je dosta tajni za čitav život...“, reče joj novi prijatelj sa neskrivenom naklonošću.

Marta se saže i stavi neobični predmet u unutrašnji džep svog kaputa.

Tada se ona i njen bivši neprijatelj uhvatiše za ruke i zajedno, u korak, prođoše kroz kapiju kroz koju nikada pre niko nije prošao. Čak je i miris zaostao iza varničenja genijalne skalamerije bio prijatan i slatkast.

Iza Poslednje kapije Polušopa Migula (svakako je zaslužila da se piše velikim slovom) nalazile su se jednostavne betonske stepenice koje su vodile naviše. Tada se Marta okrete ka svom novostečenom prijatelju.

„Hoću da mi nešto obećaš! Ovde ima mnogo stepenika, na vrhu je po svemu sudeći izlaz odavde. Sa svakim korakom koji napraviš ka gore, neka tvoj bes bude sve manji. Taj otrov koji nosiš u sebi, ostavi ovde dole u mračnim hodnicima, gde se taj grozni tovar i začeo. Kada se popnemo gore, oprostićeš profesoru Šizlapu sve što mu zameraš. Ovde si ojačao, moraš da nađeš u sebi snage za takav podvig! Zbog tebe, i zbog njega, i zbog svega. Možeš li bar da pokušaš?“, molila ga je.

On nije odgovorio, ali je Marta znala da u njemu već tinja preokret. Mudrim rečima samo mu je pomogla da se ono što već iskreno oseća razbukti.

Gotovo su potrčali uzbrdo. Čim su stigli do vrata na vrhu, bilo je jasno da je iza njih svetlost, belina dana. Izgledala su kao sasvim obična vrata, kakvim bi neko opremio pomoćnu dvorišnu prostoriju. Ali oni nisu znali da su ta vrata bila od nesalomivih metalnih kristala, izuma virtuoza Migula, i da su se mogla otvoriti samo sa unutrašnje strane. Maestro ih je napravio terajući dve vrste metala da oponašaju osinje gnezdo. Njihov običan izgled predstavljao je savršenu mimikriju. Bila je to kapija koju je sa jedne strane bilo nemoguće otvoriti, a sa druge nemoguće ne otvoriti. Pre nego što je Marta dotakla kvaku, začuo se akord škljocajućih mehanizama.

Sama vrata počeše da se otvaraju, lagano, kao da ih vuče upregnuti puž.

Svetlost koja poče da prodire zaslepi im oči i njih dvoje ih zakloniše rukama. Posedali su dole i pokušali da se ponovo priviknu na dnevnu svetlost. Lagano otvaranje vrata bilo je očigledno namerno i promišljeno – ovako je količina svetlosti rasla lagano i postepeno.

Iako gotovo zaslepljeni, osetili su nečije prisustvo. Polako, žmirkajući kroz trepavice, sagledavali su ponovo otkriveni spoljni svet.

Nalazili su se u skrovitom dvorištu, nekako uglavljenom unutar krivina kule profesora Šizlapa. Ispred njih je stajao domaćin, širokog osmeha i raširenih ruku. Marta je sačekala da se najpre pozdrave otac i sin, a potom i sama potrčala u zagrljaj dragom profesoru. Tek tada, iza njegovih leđa, ugledala je još jedan prizor koji nikada neće zaboraviti.

PM

To što se nalazilo u sredini tajnog dvorišta bilo je teško opisati rečima. Bio je to balon za letenje, ali takav kao da se neki kitnjasti parobrod odjednom pretvorio u letelicu. Na raskošnom platnu nalazio se veliki znak položene osmice, da objavi da je profesor Šizlap najzad izjednačio utakmicu sa silom Zemljine teže. Iz korpe su virila kratka krila, koja su izgledala kao krajevi zabodenog bumeranga. Spiralno obojeni stubovi nagoveštavali su prisustvo nekog mehanizma skrivenog u raznobojnom buretu. Sa strane se šepurio spiralni crveno-beli propeler, a naoko neobjašnjivi metalni delovi bili su očigledno delo Polušopa Migula.

Na boku je pisalo ime ove vazdušne krstarice. Ono nije bilo iznenađujuće. Glasilo je baš onako kako mu i priliči: „Nebeska nagrada".

„Da li je ova letelica...?", promuca Marta.

„Tvoja je, Zelenokosa!", reče profesor uz osmeh.

Ona priđe, i zaneseno nasloni obraz na prelepu napravu. Osećaj radosti je istovremeno opi do suza.

Svetla tajna svetlucavog ključa

„Našli smo još nešto prelepo...“, reče Marta kada se malo pribrala, pa na svetlost dana izvadi, prvi put posle mnogo godina, pronađeni ključ oblika izvitoperene zvučne viljuške.

„Našla si ga! To je Ključ izgubljene note! Polušop Migul je izabrao najsigurnije mesto za njega“, uzviknu Šizlap oduševljeno, ali nastavi nešto tužnije:

„On je ostavio testament, ali ga je sakrio na njemu svojstven način, u svojim kapijama i u tom ključu. Nevolja je što niko ne zna gde je ključaonica koju taj ključ otvara! Ko to otkrije, naći će i oporuku velikog majstora.“

Devojčica oseti kako je obuzima nov nalet omamljujuće sreće. Vratila se u mislima na jedan detalj koji je ugledala.

„Mislim da znam i to!“, reče svečano, pokušavajući da obuzda posledice neizmerne radosti.

Ova tajna je drugačija od ostalih. Pokušajte da u ovoj knjizi pronađete gde je Marta ugledala ključaonicu koju otvara tajanstveni ključ. Ako uspete u tome, doživećete isto što i Marta Smart u sledećoj rečenici.

Marta je dobro znala da nejasni šum koji je niotkuda doplovio do njenih ušiju jeste šapat o velikim avanturama u danima koji dolaze...

ISTRGNUTA STRANICA DNEVNIKA BABE ARAUKARIJE

Odgovor na pitanje one budale

Grozni Šizlap! Danima razmišljam o svemu što menja dimenzije, a uvek se nosi u torbi! Koliko puta sam kroz glavu provrtela novčanik, kišobran, sve moguće i nemoguće tričarije!

Najzad sam se setila odgovora na pitanje onog ludaka! To može biti samo beba kengura! Veoma je mala, a dok je tolika, uvek se nosi u torbi. Prokleti Šizlap! Neka se nosi i on i njegove tajne!

Kako sam ušla u kuću ludog pofesora

Ma naravno, one pločetine na vratima odjekuju kao note. Ono ludakovo SILA jesu note, pa čim sam pokucala na sedmu (nota Si) pa na šestu gredu (nota La), prokleta vrata su se otvorila. Ala je Šizlap lud, dabogda mu moja koka lešinarka pevala uspavanke...

TAMNOSMEĐA KNJIGA ODGOVORA PROFESORA ŠIZLAPA

Odgovor na prvo pitanje profesora Šizlapa:

Lešnik se lako može razbiti bananom. Naravno, neophodno je da se banana prethodno – zaledi.

Odgovor na drugo pitanje profesora Šizlapa:

Naravno da se poštar koji obavlja svoj posao ne može fotografisati belim biciklom. To se može učiniti samo – foto-aparatom.
Marta je shvatila ovu igru reči tek kada je uvidela da ne postoji nijedan razlog zašto se poštar na biciklu ne bi mogao fotografisati.

Odgovor na treće pitanje profesora Šizlapa:

Znak za ulazak razlikuje se od svih ostalih znakova na svetu jer se u njemu nalaze sva slova abecede i sve cifre koje koristimo.
Marta je odmah primetila neka od slova i cifara, pa se mučila da odgonetne šta je unutar znaka napisano. Onda je shvatila da je, ako se zamisli, u njemu zapisano **sve što može da se zapiše i sve što je ikada zapisano**.

ŽVRLJOTINE PODZEMNOG SKITNICE

Škrabotine na zidu koje je Marta zapazila u okruženju mračnih tajni

Mračna tajna podzemnog skitnice
Marta je primetila žvrljotinu u obliku obrnutog latiničnog slova V, i to nekako razvučenog.

Mračna tajna šesnaest lobanja
Negde u uglu nalazio se na brzinu urađen crtež dva kvadrata.

Mračna tajna jame sa stotinu jama
Marta je primetila da su neki od crteža urezani iglom, ili sličnim šiljatim predmetom.

Mračna tajna tajnih reči
Marta je primetila da je skitnica u uglu naškrabao drugu strofu:

Prva reč je kratka, britka,
ali ako slovo R joj dodaš,
nova reč će biti pitka,
s njom u sebi čudno hodaš...

Mračna tajna podzemnih ljubimaca
Marta je uočila neku nažvrljanu matematičku jednačinu.

Mračna tajna trouglaste katakombe
Marta je na zidu primetila žvrljotinu u obliku latiničnog slova S.

Mračna tajna mača sekača
Marta je na zidu primetila žvrljotinu u obliku latiničnog slova X.

Mračna tajna drvenog krsta
Marta je na zidu primetila crtež malog kvadrata, i ništa više.

Mračna tajna velike lupe
Marta je primetila nekakve crteže u samom uglu zida.

Mračna tajna potopljenog podruma
Marta je primetila neki crtež u obliku velikog slova T.

Mračna tajna sedam kostiju
Marta je opet primetila jednu žvrljotinu u obliku slova X.

Mračna tajna tragova na zemlji
Marta ovde *nije videla*... neki koristan crtež.

Mračna tajna neživog putnika
Marta je primetila žvrljotinu u obliku četiri slova C.

Mračna tajna crnih paukova
Marta je zapazila škrabotinu u obliku položene crtice. To ju je podsetilo na razlomak.

Mračna tajna drugog sudije
Marta je primetila da je na zidu „oko" predstavljeno kao okrugla crna tačka.

Mračna tajna mračnog lavirinta
Marta je primetila da se na jednom zidu već nalazio plan lavirinta. Dva fenjera bila su nacrtana na ćoškovima.

Mračna tajna razbijenih tanjira
Na škrabotini koju je Marta primetila nalazio se plan stola. Jedan tanjir je precrtan, i to onaj na ćošku.

Mračna tajna niza slova

Marta vide škrabotinu: Oba slova koja nedostaju imaju kvačice.

Mračna tajna neobičnog skeleta

Marta u polumraku vide škrabotinu na kojoj je pisalo: „Dve su JOJ kičme, a na hiljade rebara!"

Mračna tajna tajnog slova

Iako na suprotnom zidu Marta nije našla nikakve crteže, ipak joj je taj pokušaj pomogao da reši tajnu tajnog slova.

Mračna tajna dva niza

Marta je primetila žvrljotinu u obliku broja 9.

Mračna tajna prepariranog jednoroga

Marta je primetila škrabotinu u obliku strelice koja pokazuje nalevo.

Mračna tajna imena podzemnog skitnice

Marta vide naškrabanu rečenicu:

Moje ime počinje tajnim slovom koje otvara jednu od prethodnih kapija.

Tajne pomoći iz mraka za poslednje dve misterije nije bilo.

KNJIGA REŠENJA

ili

Način na koji je Marta rešila mračne tajne opisane u ovoj knjizi:

Rešenje mračne tajne podzemnog skitnice

Marta je pažljivo saslušala zagonetku koju joj je skitnica govorio. Shvatila je da je rešenje zagonetke – CREP. Prvo je pomislila na ciglu, ali ju je pominjanje dostupnosti za mačke, ptice i crnog čoveka (čoveka u crnom, odžačara) ipak navelo na pravi odgovor. Da je dotakla slova reči CIGLA, vrata joj se ne bi otvorila.

Rešenje mračne tajne šesnaest lobanja

Marta ih je poređala u obliku dva preklopljena kvadrata. Tako je zaista šesnaest lobanja poređala u osam redova, po četiri u svakom.

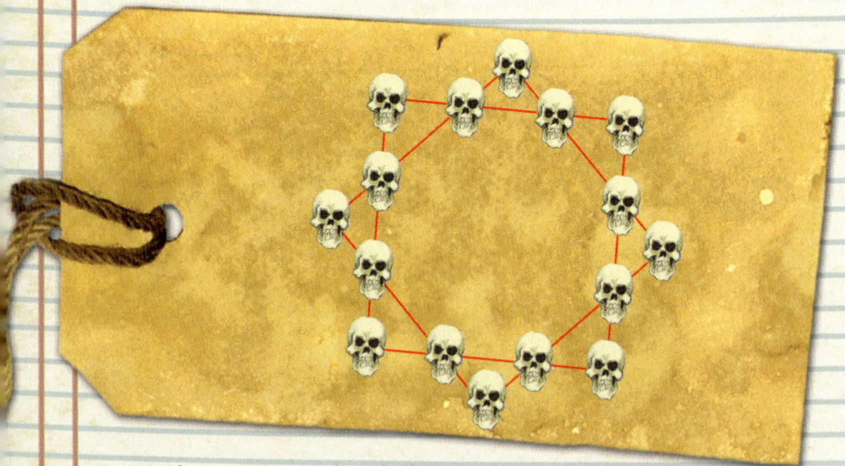

Rešenje mračne tajne jame sa stotinu jama

Jama sa stotinu jama – to je naprstak. Skitnica ga je očigledno imao, i koristio šijući sebi kapu i sve one džepove i zakrpe.

Rešenje mračne tajne tajnih reči

Tajne reči su: UM i RUM.

Rešenje mračne tajne podzemnih ljubimaca

U kavezu je skitnica držao 11 pacova i 13 šišmiša.

Rešenje mračne tajne trouglaste katakombe

Evo kako je devojčica povezala grobnice sa istim simbolom!

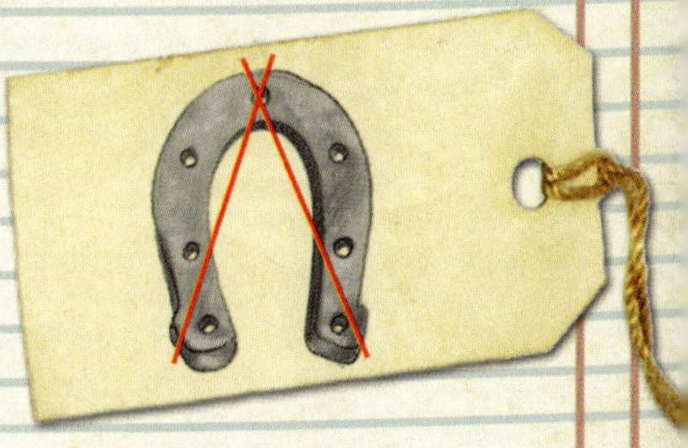

Rešenje mračne tajne mača Sekača

Evo kako je Marta dva puta udarila po potkovici:

Rešenje mračne tajne drvenog krsta

Marta je samo malo povukla jednu gredu. U sredini, između drvenih greda, pojavio se mali, pravilni kvadrat.

Rešenje mračne tajne velike lupe

Marta je shvatila da je UGAO jedinio što lupa čak ni naoko neće uvećati. Nacrtala je lep ugao od 45 stepeni, i ponosno se okrenula ka skitnici. I pod najsnažnijom lupom, ugao će izgledati toliki koliki je. Ni manji, ni veći...

Rešenje mračne tajne potopljenog podruma
Rešenje zagonetke jeste sidro. Dok se kreće suši se, a dok stoji mokro je. Čim brod stane, sidro mora biti bačeno – dakle, pod vodom. Kada brod krene, sidro mora da se podigne, i kreće se zajedno sa brodom iznad vode.

Rešenje mračne tajne sedam kostiju
Evo kako je Marta poređala kosti:

Rešenje mračne tajne tragova na zemlji
Rešenje ove zagonetke je – krtica. Ona pravi veoma vidne tragove na zemlji, a čitav život provodi – pod zemljom.

Rešenje mračne tajne neživog putnika
Rešenje ove nezgodne zagonetke jeste – ekser u konjskoj potkovici.

Rešenje mračne tajne crnih paukova
Jedina dva broja kojima broj 1079 može da se podeli bez ostatka jesu 13 i 83. Dakle, kako je skitnica rekao da redosled unošenja (prvo broj paukova ili prvo broj snetih jaja) nije bitan, Marta je na kapiji ispritiskala prvo 13, potom 83, i kapija se otvorila.

Rešenje mračne tajne drugog sudije
Drugi sudija može da bude – kocka. Kocka za bacanje zaista ima šest „lica" i dvadeset jedno „oko". Mnoga dvoumljenja u istoriji odlučena su bacanjem kocke.

Rešenje mračne tajne podzemnog lavirinta

Evo kako je devojčica postavila fenjere:

Rešenje mračne tajne razbijenih tanjira

Evo koje je Marta tanjire razbila, a koje ostavila. Tako je uspela da reši i ovu podzemnu tajnu.

Rešenje mračne tajne niza slova

Marta je nekako shvatila da niz predstavlja prva slova naziva prvih deset desetica – **d**eset, **d**vadeset, **t**rideset, **č**etrdeset, **p**edeset, **š**ezdeset, **s**edamdeset, **o**samdeset, **d**evedeset, **s**to. Nedostajala su dva slova sa kvačicama, dakle Č od četrdeset i Š od šezdeset.

Rešenje mračne tajne neobičnog skeleta

Marta se setila da ono što ima „dve kičme a na hiljade rebara" može biti samo – pruga. Setite se kako izgleda železnička pruga!

Rešenje mračne tajne tajnog slova

Marta je primetila da sva nedostajuća slova obrazuju veliko slovo K, te je samo veliko slovo K sasvim dovoljno da nadomesti sva nedostajuća slova.

Rešenje mračne tajna dva niza

Marta je promenila mesta pločicama sa brojem 8 i brojem 9. Naravno, pritom je pločicu sa brojem 9 okrenula naopačke, te dobila broj 6. Sada su oba uspravna niza imala zbir 21.

Rešenje mračne tajne prepariranog jednoroga

Rečenica „Gore je rog“ je palindromska – znači, ista je kada se čita odnapred i otpozadi. To je veoma retka osobina rečenica, i to je zaista razlikuje od svih ostalih rečenica u knjizi, i od ogromne većine rečenica ikad napisanih.

Rešenje mračne tajne imena podzemnog skitnice

Skitnica se zvao Kosta. Kada se oduzme poslednje slovo, ostaje – kost.

„Moje ime prilično je uobičajeno. Oduzmi mom imenu poslednje slovo, i dobićeš nešto čega ovde pod zemljom ima u izobilju. Tvojim dolaskom, taj se broj i uvećao. Nadaj se da je tvoj doprinos toj brojnosti privremen...“, rekao je skitnica, a sada je i jasno zašto.

Rešenje mračne tajne naoko poslednje Migulove kapije

Ovog rešenja nema u ovoj knjizi.

Rešenje svetle tajne svetlucavog ključa

Ovo je zagonetka za oči. Upotrebi ih pažljivo i rešićeš je.

Slučajni saradnici:

Ljubica Prodanović
Sem Lojd
Luka Jovanović
Tatjana Kovačev

BIOGRAFIJA

Uroš Petrović

Imam predlog: Hajde da se ni ti ni ja ne mučimo mnogo u vezi sa mojim biografskim podacima! Dakle, pre ove, napisao sam osam knjiga i za njih dobio isto toliko nagrada. Moglo bi tu još štošta da se nakiti, ali ovako i ti i ja možemo odmah da se opustimo i radimo ono što nam prvo padne na pamet!

Bibliografija

Aven i jazopas u Zemlji Vauka, roman epskih razmera;
Priče s one strane, knjiga toliko tajanstvena da ju je nemoguće pronaći;
Zagonetne priče - Knjiga prva, početak sage sazdane od mozgalica;
Zagonetne priče – Knjiga druga, sumanuti nastavak;
Peti leptir, roman koji baš i nije priča za laku noć;
Zagonetne priče – Knjiga treća, saga postaje sve veća;
Misterije Ginkove ulice, prva knjiga o zelenokosoj Marti Smart;
Zagonetne priče – Knjiga četvrta, ovde nema rime;
Mračne tajne Ginkove ulice, koju si, valjda, upravo pročitao.

Dejan Mandić

I dalje bezopasan.

MRAČNA TAJNA KUĆE PROFESORA ŠIZLAPA

Laguna

POSETITE NAS NA INTERNETU!

www.laguna.rs

Na našem sajtu pronaći ćete informacije o svim našim izdanjima, mnoge zanimljive podatke u vezi s vašim omiljenim piscima, moći ćete da čitate odlomke iz svih naših knjiga, ali takođe i da se zabavite učestvujući u nagradnim igrama koje organizujemo svakog meseca. Naravno, preko sajta možete da nabavite naša izdanja po najpovoljnijim cenama.

Dođite, čekamo vas 24 sata.

Uroš Petrović
MRAČNE TAJNE GINKOVE ULICE
roman u zagonetkama

Za izdavača
Dejan Papić

Stručni saradnik
Ranko Rajović

Ilustracije
Dejan Mandić

Lektura i korektura
Jelena Vuković

Slog i prelom
Marta Mandić

Tiraž
4000

Štampa i povez
Rotografika, Subotica

Izdavač
Laguna, Beograd
Resavska 33
Klub čitalaca: 011/3341-711
www.laguna.rs
e-mail: info@laguna.rs

CIP - Каталогизација у публикацији
Народна библиотека Србије, Београд

ПЕТРОВИЋ, Урош, 1967 –
Mračne tajne Ginkove ulice: roman u zagonetkama / autor Uroš Petrović ; ilustracije Dejan Mandić. - Beograd : Laguna, 2011 (Subotica : Rotografika). - 112 str. : ilustr. ; 20 cm

Tiraž 4.000. - Biografija: str. 106.
ISBN 978-86-521-0825-1
1. Мандић, Дејан [илустратор]
821.163.41-93-31
COBISS.SR-ID 186400524